俄耳甫斯诗译丛

René Char

Fureur et Mystère

勒内·夏尔

René Char

1907—1988

二战后法国诗坛最强有力的重要诗人，出生于普罗旺斯地区沃克吕兹省。

他是极少数在生前即入选伽利马“七星文库”经典的法国作家之一，亦是海德格尔访法时唯一希望当面拜会的法国诗人，更是加缪、巴塔耶、阿伦特、福柯等欧洲思想家多次在著作中征引的对象。

勒内·夏尔的诗短小简练，却迸发出强大的语言密度，跃动着震撼人心的美。每一份诗意背后，都包含着生活的重重一击，蕴藏着沉重与痛苦，蕴藏着对虚无的抵制、对荒诞的愤怒、对美的执着，让人感受到大地的重力与天空的高远。他的诗句如淬火的利剑般劈开人类内心的黑暗，如烛火般在暗夜中闪光。夏尔的诗歌为人类的生存确立起坚实的维度，坚定地在大地上栖居，抵御平庸与荒诞的侵袭。他对于词语的使用本身，也在不断敲打着流俗，让每一个词重新在根源处绽放光彩。

夏尔早年曾投身超现实主义运动，20世纪30年代末由于深感超现实主义的弱点而逐渐与之疏远。40年代维希政府时期，投入法国南方的抵抗运动并成为普罗旺斯地区的游击队领袖。1938—1945年，他在与纳粹抗争的同时继续着诗歌创作，但拒绝在任何刊物发表任何作品。直到1945年法国解放后，他才正式回归诗坛，连续发表《唯一幸存的》《修普诺斯散记》《粉碎诗篇》，并于1948年在收录这三部作品的基础上推出了为其在法国读者及诗歌史中真正奠定地位的成名作《愤怒与神秘》，至今已累计销售近十万册。

《愤怒与神秘》被法国学界视作一道与“早期夏尔”相区分的关键性分水岭，从这一部作品开始，夏尔进入了一个诗人真正的壮年。后续出版《早起者》《寻找谷底与顶峰》《群岛般的话语》《溯源》《遗失的赤裸》等诗集。

愤怒与神秘：勒内·夏尔诗选

[法国] 勒内·夏尔 著
张博 译

译林出版社

俄耳甫斯队列

凌越

在古希腊神话里，有关俄耳甫斯不多的表述，构成了一个极为复杂的诗人形象。这个形象是后世诗人的隐喻，也可以说是某种意义上的谶语。首先，作为河神奥阿格罗斯和缪斯卡莉俄佩的儿子，俄耳甫斯自然是典范的诗人，他的歌声如此动听，以至于可以使树木弯枝，顽石移步，野兽俯首，波浪平息。奥维德在《变形记》中这样描述俄耳甫斯：

就是说歌手牵来了这样一个小树林，他坐在
中间，被野兽和荒地围绕着，被一群群鸟儿。[1]

---

1 里尔克，《致俄耳甫斯的十四行诗》，林克译。重庆：重庆大学出版社，2015年，第129页。

这是诗歌特有的蛊惑力的形象化处理，诗人依靠自身的凡人之躯，利用自己的歌声（词语）掌握了神奇的力量，在接通词语感应器的某个瞬间，诗人仿佛就是神祇的化身，他是一瞬间的通灵者，他是电光石火间那张智者的面容。

为了凸显俄耳甫斯所掌握的神奇伟力，一种悲剧性的力量一直与其如影随形。在那幅万兽温顺地聆听俄耳甫斯歌唱的宁静画面之后，是其妻欧律狄克被蛇咬伤致死。为了挽回妻子的生命，俄耳甫斯下到地府，以自己的歌声驯服了守护冥界出口的恶狗刻耳柏洛斯，使复仇女神流出眼泪，使冥界王后珀耳塞福涅深受感动。于是，他们准许俄耳甫斯把妻子带回人间，但前提是在走出冥界前，他不能回头看他的妻子，也不能和她说话。

如果故事到此为止，那是诗人和词语完胜死亡和宿命的画面，但那无疑是一种轻佻的胜利，它来得太过轻易而让人生出疑窦。的确，上天不会轻易放过诗人，所有人凭直觉就可以猜测到坎坷的命运还等在后面，警觉的鹰犬埋伏在人生的每一条岔道里伺机而动。

因为长久的寂静所形成的压迫感，因为歌声被封锁在语言的棺椁里，俄耳甫斯终于回过头来，立刻置自己最心爱的人于万劫不复的境地。这是他放弃语言带来的最深重的惩罚，可悖论是，这恰恰也是他必须遵守的契约。在此，诗人的形象越发清晰了，他勇猛睿智，手握语言的利器，似乎无往而不利，但语言本身的复杂，它强大的后坐力往往将诗人置于极为被动的境地。在更长远的视角里，在时间魔术师众多的玩偶里，诗人不得不是那个面对惨景的哀泣者——为死亡，为命运的无常，而之前他所拥有的美妙歌声竟然只是为了镂刻出此刻的悲戚。

悲剧仍在继续，俄耳甫斯因为拒绝参加狂欢秘祭激怒了酒神狂女迈那德斯，而被那些女祭司撕成碎片，但即便如此，俄耳甫斯死后，他被砍掉的头颅仍然在歌唱，而他的古琴也在继续鸣响——也许这浸染着血腥、死亡、悲愤、勇气和骄傲的声音，正是后世一代又一代诗人飞蛾扑火般投入词语队列里的原因吧。以无惧死亡的勇气，去获取平息万物躁动的美妙乐音，这是所有诗人共同的愿景；从这里，他们有望获得俄耳甫斯以死亡练就的语言炼金术，并借由语言而获得永生。

我们将这套酝酿多年的外国诗歌译丛，谨慎地命名为“俄耳甫斯诗译丛”，正是因为俄耳甫斯这个经典诗人形象所蕴含的复杂况味，这个集技艺、勇气、痛苦和不屈于一身的诗人，恰恰是我们这个译丛渴望获得的品质，我们为此精挑细选出霍夫曼斯塔尔、布莱希特、勒内·夏尔、翁加雷蒂、安德拉德这几位杰出的西方诗人，构成“俄耳甫斯诗译丛”第一辑的阵容，我想珀耳塞福涅也会为此再次动容吧，而欧律狄克的苏醒则是所有后来的书写活动所指向的唯一目标。

这个以俄耳甫斯为首的队列，将同时照亮天堂和地府，将使“廊柱震颤不已”[1]，而你所能做的“就是为它们创造聆听之神庙”[2]。让我们像动物那样俯下身来，去倾听那闪光的词语从诗人嘴里所发出的声音。

---

1 里尔克，《致俄耳甫斯的十四行诗》，林克译。重庆：重庆大学出版社，2015年，第6页。

2 同上。

目录

山岩，混沌，自由——抵达中国的
勒内·夏尔（伊夫·贝杰莱） *i*

唯一幸存的（1938—1944）

前世界

概述 5
与风告别 7
暴行 8
篾匠的伴侣 9
频频 10
狐巢的魅惑 11
青春 13
日历 14
旧宅 15
减轻重负 16
诞辰 17

勋章 18
为了这一切无一改变 19
黄鹂 22
要素 23
宽厚的力量 25
狮子座流星雨 26
收割草料 27
缺席 29
水晶之穗从青草中取出它透明的收获 31
路易·居雷尔·德·拉·索尔格 33
拒不合作 35
习题 36
1939 出自夜鹰之口 38
同这类人一起活着 39
苦役监狱的灯光 41
历史学家的茅屋 43
拒绝之歌 45
11 月 8 日短笺 46
褶皱 48
敬意与饥馑 50
自由 52

婚颜
引领 55
引力 57
婚颜 60
埃瓦德涅 66
附言 68

形式分享
形式分享 71
任职与罢免 91

修普诺斯散记（1943—1944）
修普诺斯散记 97
橡木玫瑰 174

磊落的对手
在一片池塘冰面上 177
囚徒的铅笔画 178
一只鸟…… 179

正当的命令有时缺乏人性 180
在一扇百叶窗棂上 181
孚日的草庐 182
莱托 183
半影 184
为何你曾离去? 186
这曾经承载着我们的烟…… 187
耐心 188
还给他们…… 190
说出…… 191

粉碎诗篇(1945—1947)

概述 195
三姐妹 197
棋逢对手 202
多内巴赫·穆勒湖 204
低声的颂歌 206
我栖居在一种痛苦中 208
铃兰 210
门槛 211

怪人 212
火药 214
痛楚，轰鸣，寂静 215
雅克玛与茱莉娅 216
博城通报 218
鲨鱼和海鸥 220
玛尔特 222
君王 223
祝蛇健康 227
芦苇时代 234
灯芯绒之歌 235
八月十三的流星 236
诗琴 240

叙事喷泉（1947）

盛景 243
索尔格河 244
你走得好，阿尔蒂尔·兰波！ 247
最初的瞬间 249
雨燕 250

小夜灯下的玛利亚 252
致一种好斗的虔诚 253
挖够了 255
忠贞 256

关于《愤怒与神秘》（勒内·夏尔） 259
译后记 261

山岩，混沌，自由

——抵达中国的勒内·夏尔

［法］伊夫·贝杰莱[1]

诗山崩裂了。它彻底坍塌了吗？它的崩裂带来混沌。山峦正是它即将到来的混沌，它那已然在场的混沌。这被粉碎、切割、散落的壮丽混沌有一个姓名。他叫作勒内·夏尔。

山峦是真实的，它身处当下的时光中。山峦是原生

1 伊夫·贝杰莱（Yves Bergeret，1948— ）：法国当代诗人，求学于巴黎高等师范学院，毕业后从事过教师、编辑等多种工作，20世纪80年代成为法国驻捷克大使馆文化参赞，90年代出任蓬皮杜中心图书馆馆长，先后在苏联、捷克、塞浦路斯、马提尼克、马里、留尼旺等地漫游、创作、生活，精通俄语、捷克语、意大利语、拉丁语、古希腊语等多种语言。出版诗集、散文集多部，如《敞心之地》《冰岛之旅》《布拉格诗篇》《安静的手》《圭亚那，空间与人》《钢铁，火焰，话语》《野人之言》《山峦与话语》《地平线之手》《埃特纳诗篇》《不合时宜的人》等。

的，它源自当下的时光中。它当下的时光是如此完满。它在其构造中承载着碎屑，曾被种种未来的远见，被对于未来的远见刻下条纹。

在《奥德赛》中，面对询问其姓名的狰狞独眼巨人波吕斐摩斯，奥德修斯回答说他叫作“无人”。这位奥德修斯便是夏尔，因为一个人固有的身份毫无收益。“我是那说话与讲述之人”，除此无他。因为唯一真正引起他兴趣的是话语深沉的流动，是广阔的多音声部，是词语持久的低鸣。

而夏尔也同样是这波吕斐摩斯，他朝向海岸的各个方位投掷石块、山岩，以及埃特纳的火山岩弹，试图去抓住、碾压并消灭这个把他致盲并逃离的“无人”。夏尔在战斗，面对语言的反叛者，面对由主人与顺民共同组成的人类世界的反叛者，夏尔与他们一同挣扎并为了他们而奋勇拼杀。

作为个体，夏尔是一个善用普罗旺斯法语方言的刚强工匠，更是一个乡野中“透明的人”，是在写于第二次世界大战刚刚结束不久的《早起者》中他用短促而严格的小肖像画所捕捉之人的精神兄弟；而他同样也是这愤怒的独眼巨人，他在黑夜与虚空中与那正在溃逃的无人主宰的话语贴身肉搏。

愤怒是对那已然飞向远方难以察觉的话语的捕捉。神秘则是对既在场又缺席，既显露又躲避的话语的寻觅。这狄俄尼索斯式的非连续性把它启示的壮丽光芒投射在被语言粗暴无耻地加以遮蔽的神秘事物之上，其化身便是对于“重新定性的人类”这一理想典范的永恒追寻。夏尔的语言不断地指明这样的人，他们处于坦率的状态、暴烈的状态、无畏野性的状态、狂喜能量的状态，使用着自然的元素、伴侣亲密生活的元素、粗俗难忍的当代社会的元素，正如使用那些掷向虚空的巨型岩块。而对于夏尔来说，在这坦率、暴烈、野性与能量的更远处，他想在人类身上触及心灵的密度，以及朝向一个值得追慕的未来投射当下之爱。人，是一支年轻的羽箭。人，是从其超自然的诞生中喷射而出的依旧灼热的火山岩弹。

夏尔急迫的词语能量不断重塑着法语，仿佛一道火山炎流绞成的岩浆，仿佛被下一次山崩所摇撼的一块柔软泥灰岩的崩裂。夏尔的诗歌的内在冲突与晦涩正源自这一汹涌的沸腾。

如果说夏尔战前超现实主义时期的早期作品及在写作方式上对其加以继承并超越的《愤怒与神秘》可以轻便地接受这种绞合、矛盾与晦涩，我不确定构成一首唐宋诗词的灿烂汉语与精致技艺是否可以轻易地与之相合。在这里，一位译者必须成为一位真正的创造者。何况，在夏尔笔下，那种激流般的运动喜爱在一行诗的结尾处、在一句话的迂回处带来险峻的惊奇。思想、语言、视点、空间在夏尔的诗歌中具有深切的不稳定性；但与此同时，正如张博先生所言，“夏尔对于人类生存根基的伦理关照和他对诗歌本质价值的坚定追求则又具备深切的稳定性。正是这一对照带来了翻译上的难题。”但将夏尔的诗歌翻译成中文定然具有显著的必要性。

如果说中国古诗如同一个珍贵的细木镶嵌，在由一个具备深远根源的文明世界细致编码的凝神亲近中得到重视和赞美，夏尔的诗篇可谓与之具有强烈的区别。如果对于中国读者而言古诗依然是他们首要的诗学参照，同时近一个世纪以来中国诗人根据全新的历史境遇和汉语发展并借由与波德莱尔、艾略特和曼德尔施塔姆等西方诗人的相遇而产生了重要的诗学革新,《愤怒与神秘》今日完整地进入汉语世界依然有其强烈而幸福的必要。这一抵达必将产生丰沛的结果。它将进一步增强自由诗的能力及散文诗的影响。其碎片写作中不规则的韵脚带来一种史诗般的洪亮。夏尔从容不迫地拆解每首诗中理性、诗律与编码极度紧束的网线。他不会为表面上的自相矛盾而感到拘束;他的词汇偶尔也会蹒跚或踉跄,然而山崩中的一块碎石却可以在重力完全未曾预料之处重新弹跃。

因为自由正是那曾经拯救诗山的劲风之实体。正是那将盲目的大众解体的反叛者之实体。正是思想之实体。自由正是山峦消失后的混沌中那绚烂的无序与生机。它是诗人及其兄弟般的读者,还有面向语言的世界三者无拘无束的生存状态。它是诗人与读者的铭心谢意。

自由是如此重要,以至于它成为在强光中消散的山峦随和的逆光影像。它逐渐成熟并成为由反抗、辉光、尊严及那属于人类的强烈而自由的友爱组成的话语实体。崩裂的诗山也许曾有危险成为一尊被碾碎的神像,成为一种在十条教理压迫下对世界的安排。但那由反抗、尊严、警醒与不妥协组成的多重话语如闪电般爆发，散文式的断片成为绝不会令人致盲的闪光，它能够被人所理解，因为它可供交流，那是人间的、充满灵感的断片。人间的：在我的衣袋中，多少年来一直插着一本《愤怒与神秘》。在高山上，在沙漠中，在火山口边。以及，在城市里，在火车或飞机上。这部诗集，是自由的伴侣，毫不妥协。

在《愤怒与神秘》中心活跃着一种无法平息的韵律，那便是组成《修普诺斯散记》的 237 个断片。它就像诗人的一本日记，当他彻底投身于普罗旺斯地区的抵抗运动，身处纳粹压迫的一切暴力与秘密战争的各类行动中。其中一些断片完全是对游击战的叙述，另一些则借助自觉和诗意的语言成为对那些迫切需要“重新定性”的人类之反思。《修普诺斯散记》，动人、纤瘦、悲壮、辉煌、谦逊。它由利刃组成。而夏尔本人，化名“亚历山大上尉”，藏身于普罗旺斯的灌木荒原，置身于石灰质的峭壁之间。他本人的隐匿并非那种文雅而怀旧的沉思，在假山瀑布边徘徊，好似那些因衰老或失势而远离帝王宫廷的上层文士；他在这遍布岩石而甚少水源的自然世界中的隐匿恰恰使他直面在任何时候都可能被纳粹杀害的绝对危险并生发绝不背叛自由、尊严与警醒的尖锐警觉。在夏尔身上，这一隐匿所具备的美学正是对所有人尊严的急救。

《愤怒与神秘》中的诗作是如此强劲有力，而《修普诺斯散记》可谓它的核心。它是关于决定性考验的一份日记，当时依然年轻的诗人从此进入并栖身于一种严峻而明亮的警觉中。诗人在斗争，常常直面死亡，藏匿行踪，继而参与那激起他反抗的恐怖惨剧和无比英勇的亲身战斗。《修普诺斯散记》里的诗歌视点，无论是关于具体事件还是哲学反思，都始终被一种戏剧性的冲动预先承载。而这种戏剧性的运动，在悲剧行为的意义上，在夏尔的日常生活和写作这些散记时都曾对他产生影响，并倚靠着一种涉及整个地中海世界的无比深入的人类学基座：这一地区的全部文明都倚靠着同一个初始神话，关于某个神明的创世行为，关于某个反抗英雄的冒犯，而正是这一反抗启动了人类的时间。这一宇宙起源时刻的发生，这一最初的闪电，这一根本性的决裂，正是地中海文明的奠基元素之一。最终那曾允许超现实主义者从无意识中生发出梦境力量的自动写作也依旧可以被理解成这种创世行为的重现，尽管它只涉及个体的无意识。我们知道查拉[1]与布勒东[2]将其运用于各处所带来的巨大影响。而夏尔却颂扬奠基行为闪光的一瞬。所以在他所有的作品中，他特别钟爱闪电的寓言。

在夏尔的诗歌中译出这一宇宙起源能量的流溢，指明了我们地中海文明的人类学基座中最深沉的元素之一。而这一元素在中华文化由汉语组成的感性世界的庞大的人类学基座中并不经常得到激发。因为这个早在公元前四世纪就已充分人文化的伦理文明并不需要创世史诗和英雄史诗中最根本的功能：作为人格榜样对社会中每一个人的言行加以规范和引导。我必须说，我与张博先生为了尽可能理解《愤怒与神秘》中的创世冲动这一根本

1 特里斯蒂安·查拉（Tristan Tzara，1896—1963）：罗马尼亚诗人，达达主义运动主要创始人。

2 安德烈·布勒东（André Breton，1896—1966）：法国诗人，超现实主义运动主要创始人。

要素而进行的无数交流是如此热烈动人，而夏尔的断片式史诗一定能给予汉语世界新的启示。

勒内·夏尔居住在离我的住处四五座山之外。我的陋室坐落在一个古老的市镇中，一座严峻的高山下，就如同夏尔住所上方矗立着强力而厚重的旺图山一样。我所生活的山谷与山峰在抵抗运动时期同样极为活跃，毗邻夏尔曾经亲身战斗的沃克吕兹省。张博先生曾经数次来访，我们也曾在巴黎共同花费无数时光思索如何理解夏尔的诗句。最终我们得以理解夏尔那些时而口语性的表述和他对普罗旺斯方言词汇的独特用法。

不止于此。2014 年 4 月，在共同阅读这部诗集的首章《唯一幸存的》的过程中，某天清晨，张博先生和我一同攀登了韦科尔山脉[1]海拔约两千米的高原。在一片白色碎石起伏的混沌中，我书写着我的诗篇。张博先生在阳光下睡着。不，他已全部观察完毕。他对我说，那个

---

1 韦科尔山脉：位于法国东南部的伊泽尔省和德龙省，毗邻夏尔活动的沃克吕兹省。抵抗运动时期法国南方最重要的游击队根据地之一，后因缺乏弹药和支援遭到德军血腥镇压。

地方使他困惑，因为一切都如此死寂，甚至没有一丝绿意。的确，那里没有中国古诗中的山水，只有一片彻底瓦解的矿物沙漠，在地质时间中，在一条极慢的道路上走向其在本地或远方的沉积。山峦的形成还有待未来，但正是在这里希望孕育。张博先生仔细地听取了我的讲述，他充分理解了这片荒山的价值。然后他便以一种卓越的方式翻译了我的《渴望》组诗[1]和夏尔的《唯一幸存的》。2014年法国并不处于战争状态，也并不受到种族主义者致命的占领。但翻译过程找到了它的能量、它的流畅和它自身的光泽。翻译需要体验这些地域。这些石灰岩山脉，我居于其中，夏尔也曾生活在它的姐妹近旁。我知道，这些直抵山脉的漫长旅程，这些朝向顶峰的疲惫行走，这些对于阳光的长久等待，对于艰难的翻译过程收获其令人幸福的结果是如此必需。

在夏尔书写《愤怒与神秘》各章节的同时，他逐渐

---

1 相关评注和译文参见：张博，《严厉与温柔——〈渴望〉与伊夫·贝杰莱的诗歌艺术》，《跨文化对话》第36辑，北京：商务印书馆，2016年10月。

开始了他与画家朋友的联系。之后他大大发展了这一可以成为某种创造性对话的方式。不过我并不敢断定是否确实可以将其称为一种对话。夏尔提出话题，然后画家行动。这一词语与画笔之间的相互接近带来了美。而中国古典文化的心灵则从充满寓意的山水画和寥寥数字的诗作中展现出来。一幅古典艺术的杰作，例如王维或苏轼的诗画作品，无论在作画或题诗时都使用着同一只手掌。一个以自然景观所呈现的文人化世界和一位完全融入自身精神状态的文人，二者的和谐在同一张宣纸上沉淀。而夏尔选择断片引起的炸裂和对和谐的分解，将他的画家同伴们树立在孤独线条的活跃表现内，独自站在曾被山崩刻下条纹的乱石山谷中。无论是夏尔的人生还是创作，他都保持着个体的独立与粗粝，因为他决不给予自己或任何人舒适安稳的栖居。而张博先生的中文翻译也正因此选择以这夏尔的方式，赋予自由最具活力的食粮。

2017 年 10 月 16 日作于山中

唯一幸存的

（1938—1944）

前世界

概述

1938

人逃离窒息。

食欲超乎想象的人，闭门索居却未停止储备口粮，待被双手释放，江河骤涨。

在预感中磨尖自己的人，采伐内心的寂静并将其分布于剧场，这第二种人是面包制作者。

对一类人是监狱与死亡。对另一类人是**语言**[1]的牧场。

冲破创造的俭省[2]，增强举止的血气，这是一切辉光的义务。

---

1 语言（Verbe）：原文首字母大写，意在强调某种至高的、极致的语言。

2 创造的俭省（économie de la création）：首先意味着创造的俭省，亦即创作中的吝啬，同时也暗示古典主义范畴中文学作品的和谐结构及平衡布局，分别对应俭省（économie）一词在法语中的两层含义："节约、节俭"与"协调、平衡"。

我们手握锁圈，上面并排拴挂着，一边是恶魔的锁钩，另一边是天使的钥匙。

在我们的苦痛之芒上，意识的晨光前行并沉淀它的沃土。

加速成熟。一种尺度正在克服另一种尺度的后果。互为敌手的尺度。从缰辔[1]和婚礼中放逐，我锤打不可见的锁扣之铁。

1 缰辔（attelage）：特指用于连接固定马匹和马车的器具总称，包括辔头与缰绳两部分。

与风告别

村旁的山坡上露宿着遍布含羞草的田野。采摘时节，时而，在远离它们的地方，我们会与某位曾在白日间怀抱柔弱枝条的少女发生无比芬芳的相遇。仿佛一盏灯，光轮由香气组成，她在远去，背映夕阳。

对她开口说话将是一种亵渎。

布鞋压过青草，请你为她让出小径的步履。也许你将有幸在她的双唇上认出**夜神**[1]湿润的幻想？

---

1 夜神（Nuit）：原文首字母大写，可以表示古希腊神话中的司夜女神尼克斯（Nyx），也可以是对“夜晚”这一意义加以强调，突出其中的普世性、超验性。

暴行

灯笼亮了。顷刻间监狱的天井便将它束缚。捕鳗人来到那里用铁叉[1]翻掘稀疏的青草，希冀挖出他们渔线上的钓饵。沉渣中的整个强盗群落在此地丰衣足食。那时，每个夜晚同样的诡计重复上演，而我是无名的证人，也是受害者。我早已选择晦暗和遁隐。

命定之星。我轻推亡者花园的大门。奴颜的花朵在冥思。人类的伴侣。**创世者**[2]的双耳。

---

1 铁叉（fer）：直译为“铁器”，此处特指勒内·夏尔童年时索尔格河上在黑夜中捕捉鳗鱼的人所使用的渔叉。整个第一段都是夏尔的童年记忆。

2 创世者（Créateur）：原文首字母大写，意为“创世之神”“造物主”。

篾匠的伴侣

我曾爱着你。我爱你被暴雨冲刷成泉的脸庞，还有你那将我的吻紧紧包裹的专属领地的花押[1]。有些人依赖着某种圆满的想象。对我来说离去足矣。我从绝望中拿回了一只如此小巧的篮子，我的爱人，我们曾能用柳条把它编织。

1 花押（chiffre）：专指由某人姓名首字母相互交织组成的特殊花押图案，用于标记某物的归属。

频频

整整一天，铁砧协助着人，把胸膛紧贴在锻炉燃烧的泥浆之上。长久以后，他们孪生的腿弯炸亮了那紧闭地下的金属置身的薄夜。

匠人不紧不慢地终止了工作。他最后一次把双臂插入河流昏暗的腰腹。最终他会否抓住水藻冰凉的低语？

狐巢[1]的魅惑

你，已然懂我的人，绽开的石榴，铺展典范般欢乐的晨光，你的脸庞——它现在怎样，愿它永远这样——，它如此自由，以致天空无尽的黑眼圈与之接触时亦曾收起，你的脸庞微微开启与我的相遇，为我穿上你想象力的美好街区。我在那里停留，对自己彻底未知，在你的阳光磨坊里，为继承一颗打破枷锁的心灵中无尽的财富而狂喜。在我们的欢乐之上躺卧着随转动渐趋力竭的巨型水车掷地有声的温柔，在它的训练结束之时。

对于这张脸——没有任何人曾瞥见过它——，对美

1 狐巢（Renardière）：意译为“狐巢”，本义为夏尔在抵抗运动时期生活过的普罗旺斯乡间塞莱斯特（Céreste）附近的一个地名。文中提到的“你”便是这一时期被夏尔爱称为“狐狸”的玛赛尔·彭斯，参见《修普诺斯散记》第222条。

的简化并不显得像某种残忍的节省。我们已如此完满地生活于例外之中，唯有我们知道如何摆脱生命的奥秘里非此即彼的面貌。

记忆之路既已覆满了凶兽不可避免的麻风，我便在一种纯真中找到了庇护之所，在那里有梦的人不会老去。但我，在这首**属于你的颂歌**[1]中把我自己视作与我的化身相距最远的人，有无资格强求自己比你幸存更久？

---

1 属于你的颂歌(Chant de Vous):原文首字母大写,强调这首“属于你的颂歌”所具有的重要价值和意义。

青春

远离砖瓦的陷阱与十字架的恩惠，喷泉，群鸟的人质，你给予自己新生。与其睚眦必报的天命相搏的人类，他对其灰烬的厌恶造就的倾向，尚不足以抹去你的魅力。

歌颂吧，我们接受了我们自己。

“如果我曾沉默，好像那石阶对阳光保持忠诚并忽略自己被常青藤缝合的伤口；如果我曾是孩子，好像那一树白花接纳蜂群的惊惶；如果丘陵曾能存活到盛夏；如果闪电为我开启了它的围栏；如果属于你的夜晚曾把我原谅……”

目光，群星的果园，金雀花和孤独都与你不同！歌声使流亡终止。羔羊呼出的和风带回新的生命。

日历

我已将各种信念一一相连并扩展你的**在场**[1]。我赐予了我的时日全新的流动令其倚靠这宽广的力量。我已撵走那限制我上升的暴力。我随性地握住了春秋分的手腕。神谕不再令我依附。我进入：我体验恩宠或不。

威胁已被打磨抛光。沙滩在每个冬天堆满返祖的传说，遍布因荨麻而手臂沉重的女预言者[2]，在为亟须援救的生灵做着准备。我懂得那正在承受危险的意识对于刨刀毫无畏惧。

---

1 在场（Présence）：原文首字母大写，意在强调某种神性的、永恒的在场和存在。

2 女预言者（sibylle）：特指古希腊时期太阳神阿波罗的女祭司，传说她在提供神谕之前会咀嚼和焚烧大量具有致幻效果的月桂叶等植物，继而进入一种肉身沉重而精神癫狂的出神状态，然后给出一些模棱两可的语句由听者自行解读。此处提到的荨麻也有类似效果。

旧宅

在年度宵禁与窗影中一棵树的颤抖之间。你中断了你的赠予。青草上的水之花绕脸徘徊。在夜的门槛上你对幻想的坚持收获森林。

减轻重负

“我曾在金风中漂泊，谢绝那此前让我历经极度心碎的村落的庇护。从停滞的生命散乱的湍流中我不断提炼厄瑞涅[1]忠实的含义。美曾从它那任性的紧缚中奔涌而出，把玫瑰带给喷泉。”

雪令他惊奇。他俯身观察那精疲力竭的脸，只为长饮一份爱恋。然后他便远走，被这涌浪与羊毛的坚韧所撑持。

1 厄瑞涅（Irène）：古希腊神话中天父宙斯与正义女神忒弥斯之女，时序三女神之一，为和平女神。

诞辰

现在你已经把一个没有冰凌的春天与一次走入其灰烬历程的大屠杀的飞沫互相结合，在岌岌可危的远景下收割逐渐累积的庄稼，把它归还给诞生时环绕它的希望。

愿时光在铁砧上用它洁白的愤怒支撑着你！

你口中呼唤那呼吸刀具的绝迹。你余温尚存的滤嘴朝向自由奔逸。

在你靠近纯真之杏仁的途中仅相隔一季之魂。

勋章

响彻爱人脸上狂喜的绿色惊雷般的流水，缝合古老罪行的流水，形态不定的流水，为一场即将到来的圣礼预备的纷乱[1]的流水……即使它必须忍受模糊记忆中的申斥，寻水者[2]依旧用双唇致敬秋天绝对的爱。

恒久的智慧啊，你写就未来，而绝不相信那使人丧失勇气的负重，愿它在身躯中感到远游之电奔腾。

---

1 纷乱（saccagées）：本义为“弄乱的、被破坏的”，在此无贬义，因为夏尔认为在事物起源处存在着一种破坏性的混沌状态，它之后将辩证地为事物带去生机，正如充满旋涡与乱流的河水激昂的流动。

2 寻水者（fontainier）：本义既可表示“喷泉管理者”，也可表示“地下水勘探者”，此处意译为“寻水者”。

为了这一切无一改变

1

握住我统摄全局的双手，攀登黑色的阶梯，哦，**忠实的伴侣**；种子的爱欲蒸腾热气，城市是钢铁与遥远的闲言碎语。

2

我们的欲望已脱下大海火热的长袍在游向它的心脏之前。

3

在你嗓音的三叶草中群鸟的激斗驱散对干旱的忧思。

4

当大地上的缓行马车撒出的面带刀痕的沙土成为向导，宁静便将接近我们封闭的空间。

5

碎片的总量将我撕裂。然而酷刑屹立不倒。

6

天空不再如此金黄，阳光不再如此湛蓝。雨水稍纵即逝的飞星开始呈现。兄弟，忠诚的燧石，你的枷锁已经碎裂。从你的双肩喷出了谅解。

7

美，我在寒冰的孤独中走向与你的相遇。你的灯是玫瑰色的，风散放光彩。夜的门槛沉陷。

8

我，被俘之人，已迎娶那正欲征服永恒之石的常青藤的慢舞。

9

“我爱你”，风对那一切由它带去生命的事物重复道。我爱你而你活在我身里。

黄鹂

1939 年 9 月 3 日[1]

黄鹂飞入了曙光之都。

歌鸣之剑盖笼了悲伤的卧榻。

现存的一切从此终结。

---

1 1939年9月3日：德国入侵波兰后的第三天，英国、法国于是日正式对德国宣战。

要素

怀念罗杰·博农[1]，（北海）1940年5月罹难。

这位远离街头人群的妇人怀抱着她的孩子，仿佛一座半燃尽的火山维持着它的喷口。她向孩子吐露的词语在划破口腔的麻木之前缓慢爬遍她的头颅。这两个生灵，其中之一几乎比星辰的外壳更轻，从他们身上散发出一种晦暗的衰疲，不久便不再紧绷并滑入解体，这悲惨的人们过早迎来的结局。

轻柔的夜色贴着地面流入他们蹒跚的躯体。在他们眼中世人本可以停止争斗，如果世人从未相互冲突。

在这依然年轻的妇人体内一个男人必曾扎根于此，但他始终不可得见，就像恐惧，一直不遗余力地留在那里。

---

1 罗杰·博农：排字工人，夏尔之友。

自私的快乐，白痴与暴君的假期，只有脓肿始终逡巡在它地盘中被点燃的相同区域；那敢于自我揭露的脆弱性紧紧地介入我们。

我隐约看到终有一天会有一些人不至于自以为慷慨和解脱，仅仅因为他们成功地在其同类身边驱散了重压与对恶的屈从，同时追上并制服了那从四面八方冲撞他们的讹诈之力；我隐约看到终有一天会有一些人走上天地能量的旅途而没有心怀不轨。就像心碎与不安从诗歌中汲取活力，在回程路上这些高远的行者也将被要求好好记住发生的一切。

宽厚的力量

我知晓我的弱点把我困在何方，一块彩绘玻璃仿佛花朵脱落初夏的血。太阳的黑水之心取代了太阳，取代了我的心。今晚，欲望如此沉重的巨型漂泊水轮大抵只对我一人可见……我在别处绝不会沉沦吗？

狮子座流星雨

你是我的妻子吗？我那为了抵达与当下相遇而被造就的妻子？凤凰的沉睡渴求你的青春。光阴之石授予她常青藤。

你是我的妻子吗？狂风的年岁，一片古老的云在战斗，把新生带给玫瑰，带给暴力之玫瑰。

我那为了抵达与当下相遇而被造就的妻子。

斗争日渐远去，在我们的土地上为我们留下一颗蜜蜂的心灵，警醒的影子，质朴的面包。不眠之夜缓缓走向**节日**[1]的豁免。

我那为了抵达与当下相遇而被造就的妻子。

1　节日（Fête）：原文首字母大写，意在强调某种神圣的、解放人性的节日。

收割草料

哦，黑夜，我从你的至福中只带回了不可捕捉的群鸟盘旋中芬芳的倩影！没有什么能强令运动发生，除了你的花粉之手，伴随银莲花灯的旋转扑向我的额头。当欲望临近，天蓝色的草垛曾被一个接一个地扬起，因为此后**翻草工人**[1]在那里死去，蒙面的老者，不忠的演员，可憎幻觉[2]的药剂师。

有一片刻我倚在暴雨的锹上并切割它的舌头。我黑色羔羊般的汗水激起嘲笑。我的恶心因我无法维持那些不期而至的允诺而增长。姗姗来迟的指环，被嵌入浸透

1 翻草工人（Faneur）：原文首字母大写，此处不是指普通的翻晒草料的工人，而是对诗人这一身份的隐喻。夏尔在此暗示自己已抛弃了一种衰败的、蒙蔽现实的、沉沦于迷幻之中的写作状态。

2 幻觉（voyage）：此处特指服用毒品后产生的致幻状态。

了铁与衰老的皮提亚[1]骑士团，我究竟要招募什么伙伴？我在船艏的悬杆上占据了一个无人察觉的位置，直到那映红我灰烬的花开日。

哦，黑夜，我无法在银河中解析她的**显现**[2]，而我在纯粹的逃亡时光中曾紧紧将其迎娶。这位亲近的**姐妹**[3]翻转了白昼的心。

向那坚定地行走在我身边的人致敬，在诗篇的终点。明天他将**直立着**在风中穿行。

---

1 皮提亚（Pythia）：古希腊太阳神阿波罗的女祭司，在德尔斐神庙中任职，负责传达阿波罗的神谕，被认为能够预见未来。

2 显现（Apparition）：原文首字母大写，意在强调某种超越的、至高的显现。

3 姐妹（Soeur）：原文首字母大写，意在强调这位姐妹的重要性。

缺席

这位直言不讳但言辞可靠的兄弟，对牺牲保持耐心，仿佛钻石与野猪，机敏而热忱，在一切误解的中心坚守，好似一棵不可调和的寒气中松脂凝成的树。谎言的群兽用妖魔[1]和风暴折磨着他，而他则以他在时光中磨损的脊背与之相搏。他通过不可见的小路抵达你们，促发绯红的胆略，绝不妨害于你，并懂得微笑。好似蜜蜂离开果园飞向早已熟透的水果，女人们拥护并从未背叛这张没有一丝人质痕迹的脸上呈现的悖论。

我已尝试向你们描述这位不可磨灭的友伴，而我们是一些与他频繁交往的人。我们将在希望中安睡，我

---

1 妖魔（gobelin）：直译为“哥布林”，西方民间传说中的一种类人魔物，生性贪婪卑劣，邪恶狡诈。

们将在其缺席[1]中安睡，因为理性不会怀疑，被它轻率地命名为“缺席”的事物，始终占据着统一性中心的火炉。

1 其缺席（en son absence）：此处的“son”（他的/它的）所指代的对象较为含混，可能指上文遇难的友伴，也可能指希望。

水晶之穗
从青草中取出
它透明的收获

城市未曾倾颓。在愈发轻盈的卧房中自由的给予者用身体无边的力度覆盖他的爱人，恰如白昼创造一道水流。欲望炼金术在这个清晨的世界令他们全新的天赋回归本质。远远在他们身后，他们的母亲，他们如此静默的母亲不再把他们辜负。现在他们率先抵近了他们的未来家园，那里目前还只盛放着他们即将诞生歌谣的口中飞出的羽箭。他们的热望在即刻间与目标相遇。他们令一段人们无从追寻的时光花开四野。

他对她讲述昔日他曾如何在饱受摧残的森林中呼唤那些由他带去好运的动物；讲述他面对那从前引导着他去认识自身典范性命运的重重封锁的群山曾说出怎样的

誓言；讲述他曾经必须战胜哪个隐藏的屠夫以此在他眼中获得同伴的宽容。

愈发轻盈的卧房一点点扩展旅途的宽广空间，在其中自由的给予者做好了消失的准备，准备去与别处的新生融合，再一次。

路易·居雷尔·德·拉·索尔格[1]

索尔格，你在一面噼啪作响的蝴蝶幕布背后向前行走，手执你忠诚长者的镰刀，颈口如项圈般环绕酷刑的铁齿，以此完成你作为男人一天的工作，何时我才能醒来并在你无懈可击的黑麦塑造的节拍中感到幸福？血与汗水投入了它们的战斗，直到黄昏，直到你返回，孤独在愈加宽广的空地中弥漫。你诸多雇主的武器，潮汐之钟[2]，已经腐坏。创造与讥讽相互分离。大气君王开始呈现。索尔格，你的双肩如同一本翻开的书卷传播着它们

---

1 路易·居雷尔·德·拉·索尔格：夏尔故乡一位年长的农民，夏尔的友人。夏尔在他原来名字的后面加上“德·拉·索尔格”意在模仿古代的贵族姓氏，以此突出他品格的高贵，也可意译为“索尔格的路易·居雷尔”，索尔格（Sorgue）是夏尔故乡的一条主要河流。

2 潮汐之钟：一种结构特殊的计时钟，可用来测算涨潮及退潮的时间，也可用于普通的计时。

的学识。在你儿时，你曾是峭壁间划出的小路上花朵的未婚夫，因一只胡蜂[1]而奔逃。今天你弯腰注视迫害者的临终时刻，它曾从大地的磁石中拔出不计其数的蚂蚁体内的残酷，把它掷向数百万凶手心中，以此对抗你的同伴与你的希望。所以再一次碾碎这仍在顽抗的癌卵吧……

有一个男人在此刻保持直立，一个男人站在一片黑麦田野中，一片好似被扫射的合唱团[2]般的田野，一片被拯救的田野。

---

1 胡蜂：一种捕食性蜂类，不产蜜，以其他蜜蜂及昆虫为食。此处隐喻社会寄生虫和意识形态的打手。

2 被扫射的合唱团：此处暗指抵抗运动时期被纳粹集体枪决时高声歌唱的抵抗者们。

拒不合作

在如此黑暗的斗争与如此黑暗的静待中，当恐怖蒙蔽我的王国，我已乘丰收那带翼的雄狮高飞直抵银莲花寒冷的尖啸。在束缚每一个生灵的畸形锁链中我来到了这个世界。从此你我都已令自己获得自由。我从一种兼容并包的道德中提取了无懈可击的救助。不顾消失的渴望，我早已在等待中慷慨地挥洒英勇的信仰。从未放弃。

习题[1]

当夜晚来临，冬寒带着月光马车的谨慎徐徐降落，在芳香四溢的家中，孩子猛然把眼神投向通红的铸铁壁炉。在被映红的狭长玻璃后面，炽热的空间完全把她俘获。胸脯朝向热气倾斜，安逸如枯叶般飞腾封住她稚嫩的双手，孩子逐字逐句地拼读寒冰苍穹的梦语：

“嘴，我的知心人，你看见什么？

“——蝉，我看见一只可怜的蘑菇生长在石块深处，与死亡保持友谊。它的毒素是如此古老以至于你可以将其谱成歌曲。

“——女主人，我的书行通向何方？

---

1 该诗写于1942年，彼时夏尔在抵抗运动时期寄居在普罗旺斯乡间塞莱斯特的一户人家中，该户人家有一个可爱的小女孩米莱尔·西杜安（Mireille Sidoine），夏尔常常在夜晚教她功课。

“——美人，你的位置被标记在那让心灵加冕的公园长椅上。

“——我是爱情当下的馈赠[1]吗？”

在昴宿星团[2]中，在一条青春的河荡起的风里，焦躁的弥诺陶洛斯[3]正在醒来。

1 馈赠（présent）：在法语中作为名词时既指“当下”又指“礼物”。
2 昴宿星团：又称“七姊妹星团”，是位于金牛座的一个明亮的疏散星团。
3 弥诺陶洛斯：古希腊神话中著名的半人半牛怪物。

1939
出自夜鹰之口

孩子[1]你们曾把橄榄砸向深陷海中浮木的阳光，孩子，哦，掷麦粒的投石党[2]，异族离开你们，离开你们殉难的血，离开这太过纯净的流水，拥有沃土般眼神的孩子，曾令盐晶歌唱耳旁的孩子，如何下定决心不再着迷于你们的友情？那被你们称为“羽绒”的天空，那让你们表露欲望的女子[3]，雷电已将这一切冻结。

惩罚[4]！惩罚！

---

1 这里特指1939年西班牙内战中遇害的儿童。

2 投石党（fronde）：本义指弹弓、投石器，同时特指1648—1653年间法国发生的抵抗专制制度的投石党暴动，因参与者广泛使用投石机而得名。

3 女子（Femme）：原文首字母大写，意在强调某种美好的、纯洁的女性。

4 此处可联想到维克多·雨果在路易·波拿巴发动政变称帝后写下的长篇讽刺诗集《惩罚集》。

同这类人一起活着

我如此饥饿，我睡在铁证的酷热中。我曾漫游至气衰力竭，额靠布满木节的晾架。为了邪恶不再轮替，我窒息了它的诺言。我已抹去它留在我船艄的笨拙花押。我对枪炮展开了回击。人们如此贴近地相互残杀而世界曾想变得更好。我那从未被侵入的灵魂的雾月[1]，谁在荒凉的羊圈中生起了火？这不再是审慎的孤独所具有的简练意志。百万种罪行尖啸的双翼在一双双昔日漫不经心的眼眸中猛然升起，请向我们展现你们的决定及对心中内疚的巨大放弃吧！

…………

1 雾月：法国大革命后推行的法兰西共和历中的第二个月，一般对应于格里高利历的10月22日至11月22日。1799年，拿破仑、富歇、塔列朗发动雾月政变，驱散督政府，组成执政府。

请你现身吧；我们从未消灭那极度瘦弱的燕群崇高的安逸。贪婪地靠近对负荷广泛的纾解。在时光中一切俱不确定而爱已增长。俱不确定，但唯有他们，立于心的顶峰。

我如此饥饿。

苦役监狱的灯光

我曾期待你的夜晚尽可能短暂，就像你沉默的后母在掌握实权前早已衰老。

我曾梦想作为内心和谐的逃亡者站在你身旁，作为这个几乎不被提及的人，为了来自白芷[1]与悲伤旅途的收益奔忙。无人敢将他延误。

白昼已骤然收缩。失去了所有我爱过的逝者，我撵走这走狗玫瑰，最后的生者，散漫的夏天。

我是遭受排斥与得到满足的人。了结我吧，刨刀式

1 白芷：一种伞形科当归属植物，花序白色，南欧道路边极为常见。

的美，难以合拢的酒醉眼睑。每一道创伤都把它那觉醒凤凰的双目搁在窗前。决断的满足在高墙的金光内欢歌悲叹。

这依旧是桎梏的风。

历史学家的茅屋

殉难者的金字塔纠缠着大地。

十一个冬天[1]你大约已放弃了第几种希望，放弃你炽红钢铁的呼吸，深受严酷的精神检验。彗星被瞬间杀灭，而你大约已浴血拦阻了属于你时代的夜晚。对相信的禁绝占据着这张纸页，你曾从那里获取冲劲去让自己摆脱**凶兽**[2]毒刺中巨量的麻痹，摆脱它那些刽子手的争执。

映照海鳝的镜子！映照黄热病的镜子！敌人施舍的

1 该诗作于1941—1942年间，距夏尔1930年代初入文坛已过去了十一年左右。

2 凶兽（Monstre）：原文首字母大写，意在强调某种强暴的、非人的野兽或暴行。

平庸火苗的粪水!

活下去，为了能在某一天更加热爱那些昔日你的双手在那过于幼小的橄榄树下仅仅轻抚过的事物。

拒绝之歌

游击队员[1]亮相

诗人为了漫长的年月已返归父辈的虚无[2]。不要呼唤他，你们所有热爱他的人。如果你觉得飞燕的羽翼不再映照于大地，请忘掉这幸福。那把苦难制成面包的人在他淡红色的昏睡中隐没不显。

啊！愿美与真将会让你们在拯救之齐鸣中大批登场。

---

1 夏尔在1940年法国战败后的维希政府时期投身法国南方的抵抗运动并成为普罗旺斯地区的游击队领袖。这首诗正作于这一时期。

2 夏尔的父亲在夏尔十岁时去世，此处暗示诗人将在未来漫长的年月中投身抵抗运动并暂时从诗坛隐退。

11月8日[1]短笺

深陷我们胸膛的铁钉，冻僵我们骸骨的盲目，谁会自荐将它们制服？古老教堂的拓荒者，基督的洪流，在我们的疼痛之牢里你占据的位置比那空中屋檐上一只小鸟的侧影更小。宗教信仰！它的亲吻礼带着恐惧离开了这新的骷髅地[2]。它割下了同类身上的果实，靠一把不合齿的门锁的布施为生，它的双臂如何才能抱住我们已被疏浚的头脑？极度作呕，即使死亡也会抗拒它最后的烟尘，它退却了，乔装成尊者的造型。

我们的家将在远离我们的地方日渐衰老，却积蓄着

---

1 此处指1942年11月8日。英美盟军于这天发动“火炬”行动，在法属北非的阿尔及尔、奥兰及卡萨布兰卡登陆，展开对北非德意联军的反攻，并导致了纳粹在法国本土对自由区的入侵。

2 骷髅地：耶稣被钉上十字架之处，也音译为“各各他”或“各各地”。

我们爱的回忆，这份爱完好无损地躺卧在它唯一认可的堑壕之中。

不言自明的审判，治愈伤口的旋风，你很晚才给予我们目标及饥饿早已捷足先登的餐桌！今天我就像一只狂怒的狗，被拴在一棵长满欢笑与叶片的树下。

褶皱[1]

他曾是如此纯粹，我的兄弟，为你的失败出头顶替的人——我听到你的呜咽，你的诅咒。哦，记录着母亲般慷慨盐晶的生活！长着白鼬牙齿的人在地窖的泥土中浇灌他的天顶，带着密探脸色的人处处令我挚爱的美发炎肿胀。衰老佝偻的血，我的长官，我们曾警戒恶心虚幻的解冻，直至深入恐怖。我们曾用离群索居的耐心聊以自慰；一盏灯，既不认识我们，也不接近我们，在世界尽头令勇气与沉静保持警醒。

朝向你的边界，哦，被侮辱的生活，如今我迈出充满确信的脚步行走，被告知真理并不必然先于行动。我

---

1 褶皱：一种地质现象，层状岩石受力后形成的波状弯曲，在阿尔卑斯山及法国南部山区极为常见。此处用来形容一位抵抗运动中的老者，是夏尔的友人和同伴。

词句的疯狂姐妹，我被封印的情人，我从化为瓦砾的宅邸中把你解救。

淋巴炎之刃从**凶兽**[1]手中掉落，在那用于自我表达的时光艰难旅程的终点。

1　同第43页注2。

敬意与饥馑

与诗人之口和谐一致的**女子**[1]，这条河泥清朗的激流，你教给了他，当他还只是被焦虑的野狼俘虏的种子，那被你的名字擦亮的高墙的温柔（巴黎的一方方土地，美之脏腑，我的火焰在你飞逃的裙摆下升起），于花粉中安睡的**女子**，在他的傲气之上放置你无限灵媒的冰花，让他直到枯骨化作腐土[2]的时刻依旧是一个男子汉，他为了加倍热爱你曾在你身上无尽地延伸他诞生的号角，他苦痛的重拳和他胜利的远景。

---

1 同第38页注3。

2 腐土（bruyère）：此处特指一种混合了沙子和动植物残骸的特殊土壤。同时该词也指欧石楠，一种法国人经常栽种在墓地旁的小花。

（入夜了。我们在凝满泪珠[1]的高大橡树下相互依偎。蟋蟀歌唱了。它如此孤独，怎竟知晓大地不会死去，知晓我们，缺少光明的孩子，即将开口言说？）

1 泪珠（larme）：在法语中既指“眼泪”，也指植物流出的树脂或树胶。

自由

她来了，通过这一行空白，能够同时恰切地意指黎明的结果与黄昏的烛台。

她曾历经无知觉的沙滩；她曾历经被解剖的峰顶。

终结了懦夫式的放弃，谎言的神圣，刽子手的烧酒。

她的语言早已不是一只盲目的公羊而是铭刻我气息的画布。

迈着唯在缺席后方会迷途的步伐，她来了，伤口上的天鹅，通过这一行空白。

婚颜

引领

穿行。
恒星的铁锹
从前曾在那里猛然切入。
今夜一座群鸟的村落
在极高处狂喜并穿行。

从四散的在场者
布满岩石的鬓角倾听
那词语它将让你的睡眠
温暖仿佛一棵九月的树。

去看那在我们身旁
抵达其精华的信念

相互交织时如何移动，

哦，我的**草叉**[1]，我充满焦虑的**渴望**[2]！

生存的严峻被打磨

不断地欲求流浪。

借助一场杏仁的细雨，

混合了温顺的自由，

你守护一切的炼金术已然造就，

哦，爱人！

---

1 草叉（Fourche）：原文首字母大写，意在强调这一草叉并非单纯的农具，而有让诗人翻转世界之用。

2 渴望（Soif）：原文首字母大写，意在强调某种强烈的、无法平息的渴望。

引力

囚徒

如果他呼吸他在想念
那石灰知己间的刻痕
在那里它夜的双手铺展着你的身躯。

桂冠使他厌倦，
匮乏令他坚实。

哦，你，缺席的独一声调，
纺织硝石的女工，
在那固定的厚度背面
一把无龄的梯子掀开你的面纱！

你赤裸地向前走去，浑身扎满肉刺，

隐秘，温和，无拘无束，
联结着倦怠的土地
却与狱中粗莽的男子内心亲密。

在把你啃噬时时光增长，
比那在骨骼深处引起剧痛的云更加冷漠，更难攻克。

*

我用我全部的欲望
影响了你清晨的美
为了使它绽放并获救。

随之而来的是无关东方三王[1]的醇酒，
是你三角区的震颤，
是你双眼的劳作

---

1 东方三王：根据《新约·马太福音》中的记载，耶稣降生时，几位贤者在东方看见伯利恒方向的天空有一颗亮星，于是一路跟随它来到了耶稣的出生地，献上黄金、乳香、没药。后世称这几位贤者为“东方三王”。

还有那直立于水藻上的砂石。

一种日照的芬芳

守护着即将诞生的一切。

婚颜

现在消失吧，我的护卫，在距离中挺立；
数量的柔情刚刚毁灭。
与你们[1]告别，我的盟友，我的暴烈，我的行迹。
一切都把你们引走，卑躬屈膝的忧愁。
我爱着。

流水是沉重的，在离开源泉一天路程之后。

绯红的叶片跨越它和缓的枝条抵达你额头，令人安心的尺度。

而我与你如此相似，

1 此处暗示夏尔与他曾经参与的超现实主义团体，以及种种暴力思想和行动诀别。

借助天边那呼喊你姓名的花开稻草，

我推倒遗迹，

愿我已抵达，光明的康健。

水汽腰带，温和的民众，令恐惧分化的人们，请触碰我的重生。

我的寿期之墙，我放弃我那轻浮的开阔[1]曾经的援助；

我架起临时的住所，我拴住幸存的果蔬。

被集市中的孤独点燃，

我想起在她的**存在**[2]之影中的嬉游。

荒凉的身体，对它的混合物充满敌意，昨天，已经归来并言说黑暗。

没落，请你不要回心转意，扔掉你的恐惧之棒，酸

---

1 此处暗示夏尔放弃了曾经给予他思想解放的超现实主义，他发现这种宽广开阔其实是轻佻的、游戏性质的。他离开了这个相对封闭的小圈子，走向自然，走向更广阔的世界与人，开始他作为诗人的重生。

2 存在（Présence）：原文首字母大写，意在强调某种神性的、永恒的在场和存在。

涩的睡眠。

袒胸的低领缩小你流亡与争斗的骸骨；
你让那折磨脊背的奴役变得清凉；
夜的疾风，阻挡这凄凉的马车
满载呆滞的嗓音，粗暴的动身。

尽快摆脱那创发性病变的流溢
（雄鹰之镐高高喷射被放大的血）
依据一种当下的命运，我引领我的坦诚
走向多瓣的蓝天，花岗岩般的异见。

哦，在她的母腹之冠上吐露情感的穹顶，
悄声谈论着黑色的嫁妆！
哦，她语音的运动已经干涸！

诞生，请你指引那些不屈之人，他们发现了他们的根基，

可靠的杏仁降临在崭新的明天。

夜闭合了它被海盗船撕裂的创伤，在那里隐约的火光曾在对恶犬持久的恐惧中穿行。

丧葬的云母在你脸上已为陈迹。

无法熄灭的窗玻璃：我的气息早已显露你伤口的友谊，

武装了你隐藏的王国。

我们的喜悦从迷雾之唇中降落在沙的门槛，铁的屋顶。

意识增强了你耐力的颤抖器官；

忠诚的淳朴延伸四野。

清晨铭言的音色，早熟星辰的淡季，

我奔跑在我的拱廊——被埋葬的斗兽场——尽头。

亲吻够了谷物成年的长穗：

纺织女工，倔强的人，我们的疆界令她臣服。

诅咒够了婚姻幻影的避风港：

我触碰一次致密回归之实质。

溪流，崎岖逝者的乐谱，

你追随干旱的天空，

把你的前路与那已知晓如何治愈背叛之人的暴雨合为一体，

他们正在靠近你有益身心的学习。

在房屋深处面包为了承受心与微光而不能自已。

我的**思想**[1]，请你握住，我可被穿透的手掌上的鲜花，

感受晦暗的植物苏醒。

我将不会看见你的侧影，这饥饿之集群，渐渐干枯，被荆棘填满；

我将不会看见螳螂在你的温室中把你接替；

我将不会看见江湖艺人的迫近会烦扰复生的白昼；

我将不会看见我们的自由之种族奴颜地得到满足。

我们充满幻想，登上了高坡。

燧石在空间的藤蔓下微颤；

话语，对冲撞感到厌烦，纵酒在天使的月台。

没有一丝凶暴的残迹：

---

1 思想（Pensée）：原文首字母大写，意在强调总体的、普遍的思想。

道路的远景直抵露水的汇聚，
无法挽回之事的内心结局。

这就是死去的流沙，这就是获救的身体：
女人[1]呼吸，**男人**[2]保持直立。

1 女人（Femme）：原文首字母大写，意在强调普遍意义上的女人。
2 男人（Homme）：原文首字母大写，意在强调普遍意义上的男人。

埃瓦德涅[1]

夏季与我们的生命曾是同一种质地
田野吞噬了你芬芳裙摆的颜色
贪婪与束缚已相互言和
莫比克[2]城堡在泥土中隐没
不久它诗琴的震荡亦已倾颓
草木的暴烈曾令我们摇曳
一只乌鸦脱离舰队的阴沉桨手
在碎裂的正午喑哑的燧石上

1 埃瓦德涅：古希腊神话中卡帕纽斯的妻子。卡帕纽斯是攻打忒拜城的七雄之一，因蔑视天神被宙斯以雷电击杀。在卡帕纽斯的葬礼上，埃瓦德涅跳入火堆殉情而死，从此成为深情的化身。此处代指夏尔当时的女友，瑞典女艺术家莱塔·库努特森（Greta Knutson）。

2 莫比克：法国南部普罗旺斯地区的一座小城，在夏尔家乡附近，城中有一座古堡。

曾以温柔的运动伴奏我们的情缘
镰刀在四处都已必定安息
我们的珍贵品性开始了统治
（那吹皱我们眼睑的失眠的风
夜夜翻动已获认可的书页
希冀我所留住的你身上的每个部分
都能在这遍布饥饿年月与巨型泪石[1]的家园上伸展）

这曾是那些可爱年华的开端
大地些微地爱过我们我还记得。

1 泪石（larmier）：直译为“滴水石”，欧式建筑中用于保护房屋内部不受雨水侵害的一种带凹槽的特殊外墙结构。此处用巨型滴水石暗示屋外的倾盆暴雨。该词拼写中有“larme”（眼泪）一词，故意译为“泪石”。

附言

请你离开无言忍耐的我；
我曾诞生在你脚边，你却已把我遗弃；
我的火焰过度明示了它的王国；
我的珍宝已沿着你的铡刀底座滑落。

沙漠仿佛是放置唯一美妙炭火的避难所
从未为我命名，从未归还于我。

请你离开无言忍耐的我：
激情的三叶草在我手中已化作坚铁。

在那开启我航路的大气的惊愕中，
时光将一点点修剪我的容颜，
仿佛一片尖刻的耕地中一匹劳作不息的马。

形式分享

形式分享

我的姐妹，这便是圣礼之水总在更密切地深入夏天的心。

一

想象力借助欲望富于魔力和颠覆性的力量，致力于把一些不完整的人从实际生活中逐离，以此在一种完全令人满意的出场形式下收获他们的回归。这就是无法熄灭的永存现实。

二

在诗人与世界的诸多联系中他所最难忍受的，便是内在公义的缺失。卡利班藏污纳垢的酒瓶背后爱丽儿敏感而全能的双眼射出怒火。[1]

---

1 卡利班和爱丽儿都是莎士比亚《暴风雨》中的人物。卡利班是普洛斯彼罗收养的一个邪恶怪胎，爱丽儿是普洛斯彼罗召唤的友好精灵。在第三幕第二场中酒醉的卡利班试图挑唆斯丹法诺和特林鸠罗杀死他的主人普洛斯彼罗，在他背后隐身的爱丽儿听到了这一切并深感愤怒。

三

诗人无动于衷地将失败改造成胜利，将胜利改造成失败，他是即将出生的帝王，唯独关心如何汇集天的蔚蓝。

四

有时诗人的实际生活对于他本人而言没有任何意义，如果他不能悄悄地影响其他人对各自实际生活之功业的叙述。

五

操控不安全性的魔法师，诗人只有领养之满足。余烬始终未到尽头。

六

在某一条对我们的欲望而言具有无解妨碍[1]的先决律令[2]闭合的眼睛后面，有时隐藏着一轮姗姗来迟的太阳，它那茴香般的敏感性与我们接触时剧烈地倾吐香气并把

1 无解妨碍（des obstacles sans solution）：直译为“没有解决办法的障碍”。
2 律令（Lois）：原文首字母大写，意在强调某种超验的、高于个人的律法。

我们环绕。它的温柔所具有的晦暗，它与出人意料的事物间的协约，这沉重的高贵对于诗人足矣。

七

诗人必须在守夜的有形世界与睡眠可怕的轻松之间保持平衡，他将其诗篇精致的躯体躺卧在字里行间，而这记录其认知的一行行文字，不加区分地游走在这些不同生命状态的一端与另一端。

八

每个人都会活到把爱补全的夜晚。在一种由所有人共同享有的奇迹和谐的威望中，个体的命运完成直至孤独，直至神谕。

九

献给两座丰碑。——赫拉克利特[1]，乔治·德·拉图

1 赫拉克利特（Heraclitus，约公元前535年—公元前475年）：古希腊哲学家，行文晦涩、充满隐喻和断片，并对对立物之间的共存进行了极多辩证的论述。在思想和文风上对夏尔影响极大。参见本章第十七条。

尔[1]，感谢你们长久以来从我独一身体的每一处褶皱中推离这圈套：支离破碎的人类处境；感谢你们依据男人的目光去转动女人裸露的指环；感谢你们使我的解体变得灵动并可堪承受；感谢你们为这绝对迫切的光芒其不可限量的结果之王冠花费你们的力量：通过被宣告的传统，行动对抗现实，那假象与微缩。

十

恰当的做法是让诗与可预见之物形影不离，但尚未加以明确表达。

十一

也许内战是魅人的死亡构筑的鹰巢？哦，痛饮垂死未来的奕奕酒徒。

1 乔治·德·拉图尔（Georges de La Tour, 1593—1652）：法国画家，其作品善于表现黑夜中的灯火与烛光，画作充满张力，在抵抗运动期间给予夏尔深刻的灵感和希望。参见《修普诺斯散记》第178条及《叙事喷泉》中的《小夜灯下的马利亚》。

十二

在连绵的露台上放置与那正在显露的**歌**[1]之金字塔预定关联的可堪坚守的诗意价值，以此获取这无法熄灭的绝对，这初阳中的枝杈：不可分解的、尚未得见的火光。

十三

愤怒与神秘已轮番将他诱惑并烧尽。然后完结他虎耳草[2]之临终的年代到来。

十四

在他的酸面包周围转动着复兴之时机、重生之时机、雷鸣之时机与镶嵌在圣·阿利尔泉水中的漂游之时机。

十五

在诗歌领域，目前还有多少内行，依然在那坐落奢

---

1 歌（Chant）：原文首字母大写，意在强调某种高远的、带来拯救的歌声。

2 虎耳草：夏尔对诗人之形象的比喻，又名“穿石草”，因为此种植物习于在石块间穿行并将其崩碎。“虎耳草之临终”暗示了诗人曾在“愤怒”与“神秘”之间艰难地穿行，而现在他终于能够对二者同时加以统摄。

华夏日中的跑马场上，在精心挑选的高贵猛兽中，押注一匹斗牛马，它刚刚被缝合的腑脏因令人作呕的灰尘而悸动！直到那辩证的血栓——它击打一切以欺诈方式构想的诗篇——在这令人无法容忍的用词不当的作者身上施行公义为止。

十六

诗篇始终与某人成婚。

十七

赫拉克利特强调了对立物令人激动的联姻。他在其中首先看到了和谐产生的完美条件和必备动机。在诗歌领域，当这些对立物相互融合，时而会涌现一种没有明确起因的冲击，在这其中令事物溶解[1]的孤独行动激发了深渊的滑动，这一条条深渊以极其反物理的方式承载着诗篇。诗人的责任便是在干预时切断这一危险，或而通过某种由可靠理性验证过的传统元素，或而借助某种

1　溶解（dissolvante）：意为“有溶解力的”“有腐化性的”“使软弱无力的”。

可以废除从起因到结果之整条路径的奇迹般的创造力之火。于是诗人得以真正看到对立物——这些纷繁的局部幻景——结出硕果，看到它们内在的谱系人格化，诗与真，正如我们所知，始终是一对同义词。

十八

缓和你的忍耐吧，**王子**[1]的母亲。就像昔日你曾帮忙抚养被压迫者的雄狮。

十九

属于雨季的成人与属于晴天的孩子，你们的失败与进步之手对我而言同样必要。

二十

透过你火红的窗口，请从这纤细柴堆的轮廓里认出诗人，他是燃烧的成堆芦苇并由出乎意料的事物所簇拥。

---

1 王子（Prince）：原文首字母大写，意在强调这不是普通的王子，而是诗之王子。

二十一

在诗歌领域，只有从事物全体性的交流沟通与自由布局出发，在二者之间穿过我们，才能让我们感到投入与确定，从而得以获取我们独创的形式与可堪检验的特性。

二十二

成年时我在分隔生死的墙壁上看到一把愈加赤裸的云梯竖立和增长，并被赋予一种独特的萃取能力：梦[1]。它的踏板，从某一处进展开始，不再支撑积攒睡眠的平滑储户。被人为注入的思想深度的杂乱空缺，其中的混乱形象为一些充满天赋但无力估量剧本普遍性之人的审判庭[2]充当场地，在此之后，晦暗便开始扩散而**生活**，在一种充满寓意的严酷苦修形式下，成为对非凡能力的征服，我们感到已被这些能力充分贯穿但却只能不完整地表达自己对于正直、对于严厉的判断力和对于恒心的

1 “梦”和“非凡”都是安德烈·布勒东所提倡的超现实主义诗学的重要内容。

2 此处暗示了夏尔对超现实主义团体领袖安德烈·布勒东的批评，后者曾不断地把各类与他理念不合的同伴开除出超现实主义团体。

缺乏。

话不成声的悲怆同伴[1]，请你们拿走熄灭的灯并交还珍宝。一种全新的奥秘在你们的骨骼中歌唱。请发展你们正当的奇思。

二十三

我是诗人，枯井的搬运工，而你的远方，哦，我的爱人，供应着食粮。

二十四

通过一种高强度的体力劳动人们得以在近似室外的寒气中坚持，并使人们消除被其吞没的危险；因此，当我们回归非己所愿的现实，当我们把诗篇的血脉交付于命运的时刻来临，我们发现自己身处一种相似的处境。我们被石化的磨坊水轮——那些瓦砾——开始转动，擦拭低处难以触及的流水。我们的努力重新习得与之相称

1 此处特指夏尔在参与超现实主义运动期间在半睡半醒之间进行自动写作实验的同伴。

的汗水。而我们，大地上永不死去的斗士，将走进那些把我们激怒的目击者与冷漠的道德。

二十五

如果去抗拒那虚无所欠缺的想象力之水滴，就是专注于把虚无对我们造成的恶耐心地交还永恒。

哦，蝰蛇腹中的月桂瓶!

二十六

死去，这绝不只是强迫他的意识在行将就木之时，去向身躯上的某几个活跃或昏睡的物质区域告别，这具躯体因其知觉只能以零散的方式抵达我们而曾让我们感到相当异样。那是喧嚣中毫无美感的巨大村落，曾经劳作着节制的居民……而在这严酷的晦涩之上矗立着一根面相佝偻、肿痛、半盲的阴影之柱，每隔一段——哦，多么幸福——被雷电割下表皮。

二十七

恐怖、精致又游移不定的大地，与异质的人类状况相互攫取并相互定性。诗意便从它们织物的活跃整体中得到提取。

二十八

诗人是具有单侧稳定性的人。

二十九

诗篇从一种主观的强制和一种客观的选择中浮现。

诗篇是一场具有决定性原创价值的移动集会，这些价值与由这一情势最先造就之人共时相关。

三十

诗篇是由依然延续为欲望的欲望所实现的爱。

三十一

一些人为了她请求延期穿上甲胄；他们的伤口带有一种永恒折磨导致的忧愁。然而诗[1]，她用她芦苇与砾石

1 诗（poésie）：在法语中是一个阴性名词，与下文的“女人”呼应。

的双脚赤裸地向前走去，没有听任自己在任何地方遭到缩减。女人，我们在她那紧靠天顶蟋蟀的唇间亲吻疯狂的时光，她歌唱冬夜，在破旧的面包店里，在光之面包的心[1]中。

三十二

诗人不会为死亡丑陋的寂灭而动怒，却信任它那非同寻常的碰触，将万物转化为绵长的羊绒。

三十三

当他在**语言**[2]普遍性的垦荒地[3]里行动的过程中，廉正、贪婪、善感又莽撞的诗人将警惕自己对某些能够异化诗歌中自由之奇迹的事业产生同感，换句话就是警惕生活中的机巧。

三十四

一个被人们忽略的生灵是一个无限而敏感的生灵，

1 心（mie）：直译为“面包心”，面包硬皮内质地柔软的部分。
2 同第5页注1。
3 垦荒地（essart）：特指已被砍去树木并即将加以开垦的土地。

当他参与进来，便能把我们的焦虑与重负转化成动脉般的晨曦。

在无知与有知之间，在爱与虚无之间，诗人每一天都在铺展他的康健。

三十五

当诗人把他的意图转译成充满灵感的举动，把劳苦的循环折换为复活之货柜，他便通过疲惫之玻璃上的每一个气孔进驻凉气的绿洲，并且创造一面棱镜，区分努力、奇异、严厉与洪灾的九头蛇[1]，把你的双唇当作智慧并把我的血液当作屏风。

三十六

诗人的居所最缥缈无迹；一道悲伤的火焰旋涡受命于他的白木桌。

诗人的活力不是某种彼岸的活力，而是一个闪耀钻石光辉的由超越性的在场与暴雨中的朝圣者组成的当下

1 九头蛇（hydre）：古希腊神话中的一种九头蛇怪，也音译为“许德拉”。

的焦点。

三十七

我能否拥有交互的**面容**[1]只取决于你预支于我的爱欲的必要性。

三十八

刚刚掷出的骰子，无法握住的骰子，因为它们是诞生与衰老。

三十九

在重力的门槛上，诗人好似蜘蛛在空中构筑他的道路。在他奇谋的范围内，他局部地隐匿自己，却在别人眼中致命地显见。

四十

与诗篇一同穿越沙漠的牧歌、狂怒人格的禀赋与因

1 面容（Visage）：原文首字母大写，意在强调某种诗意的、充满爱意的面容。

眼泪而发霉的火。紧随诗篇的脚跟奔跑，向它祈祷，把它辱骂。将它等同为其天赋的表达乃至被其贫瘠压垮的卵巢。借着夜色，冲入它的套房，最终，在宇宙间石榴的婚礼中。

四十一

在诗人体内包含着两种事实：第一种以外部现实所掌握的多样化形式立即给出其全部意义，它难以向下深挖，仅仅就事论事；第二种被嵌入诗篇之内，它讲述栖息在诗人身上的那些强大而任性的诸神发出的命令与阐述，一种不会枯萎或熄灭的硬化事实。它的支配权是一种给予。当被说出，它占据着一片面积可观的疆域。

四十二

作为诗人，就是对某种不安产生食欲，在现存与预期的全部事物的旋风中，他对这种不安加以使用，并在终点处，引发至福。

四十三

诗篇从它的总量中接收并给予那从其密室内逐出的诗人全部的表达方式。在这血染的百叶窗后某种力量的尖啸在燃烧，这种力量只会摧毁它自己因为它厌恶暴力，它主观而贫瘠的姐妹。

四十四

诗人借助深不可测的秘密不断拷打其喷泉的形式与音响。

四十五

诗人是一个向外投射的生灵与一个向内扣留的生灵的共同起源。他向情人借得空虚，向爱人取得光芒。这一对形式组合，这双重的警卫悲怆地给予诗人他的嗓音。

四十六

坚定地坐在他的柏树帐篷下，诗人，为了自我说服并自我引导，不能畏惧使用一切跑进他手中的钥匙。然而他也不能混淆边界的喧闹与革命的远景。

四十七

认识两类可能性：白昼的可能性与违禁的可能性。如果可以，让前者与后者对等；把它们放置在不可能性的皇家大道上，这种充满魅力的不可能性是最高层级的可理解之物。

四十八

诗人要求："请你弯下腰，请你更深地弯下腰。"他并非始终安然无恙地结束他写下的篇章，但就像穷人一样他知晓如何从一颗橄榄中提取永恒。

四十九

面对证据的每一次坍塌，诗人用未来之齐鸣加以回应。

五十

任何呼吸都提出一次统治：纠缠之任务，维护之决心，恢复自由之热情。诗人在纯洁与贫苦中分享着一部分人的生存状况，谴责并抛弃另一部分人的武断专横。

任何呼吸都提出一次统治：直到这颗为了在无限中

打碎自己而哭泣、坚持并解脱的单一类型的头颅，这颗由想象之物构成的断头[1]之命运得以完成。

五十一

人类处境的某些时期忍受着某种恶冰冷的侵袭，这种恶在人类天性最败坏处寻得依靠。在这场飓风的中心，诗人将通过对自我的拒绝去补全其留言的意义，然后加入这样一群人，他们剥夺了苦难合法性的面罩，正在确保那固执的脚夫，正义之摆渡者的永恒回归。

五十二

这座通过其每一道暗门播撒自由的堡垒，这根在空中保持着一个具备普罗米修斯式远见的躯体同时由雷电照亮并回避的蒸汽草叉，这就是诗篇，献给过度的任性，在一瞬间将我们捕获然后消失。

---

1 断头（hure）：特指野猪被砍下的头颅，意译为“断头”。

五十三

在交付其珍宝（它们在两座桥之间盘旋）并抛洒其汗水之后，诗人，身体的半边，未知中灵感的顶峰，诗人不再是对某个完成事件的反映。不再有任何事物可以把他衡量或束缚。清朗的城市，闭锁的城市在他面前。

五十四

直立着，在延续的时间中生长，诗篇，是神秘登基。一旁，沿着公共葡萄园中的小径，诗人，伟大的**起始者**[1]，不及物的诗人，身处其静脉光辉的随便何人，诗人从自身的深渊中提取厄运，随同他身旁的**女子**[2]一起探寻稀世的葡萄。

五十五

这个人，从里到外反抗着那入骨的贪婪嘴脸令他熟

1 起始者（Commenceur）：原文首字母大写，意在强调某种诗意的、绝对的起始者。

2 同第38页注3。

知的**恶**[1]，他无疑有责任去把传说的事件转化为历史。我们不安的信念不应把他诋毁而要对他讯问，我们，这些把真实的生灵们消灭在我们幻想出的连绵人影中的热忱屠夫[2]。间接的魔法，欺诈，现在依然黑夜无边，我身体不适，但一切重新开始运行。

带着诗无边的展望逃向他的同类，也许有一天将成为可能。

1 恶（Mal）：原文首字母大写，意在强调某种强烈的、普遍的恶。

2 此处意为诗人像杀手一般把身边活生生的人转写成一系列充满幻想、梦境或理念的文字，从本质上戕害了他们真实的存在。

任职与罢免

在已被摧毁的——经验中尚未完成的——神灵的炼金术不牢靠的远景面前，我看着你，生命充满天赋的各类形式，闻所未闻的事物，稀松寻常的事物，我发问：“这是来自内心的命令，还是源于外部的敦促？”大地从它那不识字的插话中喷薄而出。在同一道金光里阳光与夜跑遍并商议着空间—精神，血肉—长城。心灵消逝……你的回答，认知，就不再是死亡，那所中断的大学。

修普诺斯散记

（1943—1944）

献给阿尔贝·加缪[1]

1 阿尔贝·加缪（Albert Camus，1913—1960），法国作家，夏尔的挚友。加缪从 1943 年开始成为伽利马出版社的审稿人，期间读到了这部《修普诺斯散记》，继而于 1946 年将其作为其主编的“希望”系列丛书的第一册出版。夏尔也因此将这部作品献给他，两人从此建立了一生的友谊。

修普诺斯[1]紧握冬天并为它穿上花岗岩。冬天早已化作睡眠，而修普诺斯成为火焰。随后的属于人类。

1 修普诺斯：古希腊神话中司夜女神尼克斯之子，睡眠之神，死神达纳多斯的兄弟。同时也是夏尔在抵抗运动期间的化名之一，参见本章第87条。

这些笔记没有从自恋、新闻、格言或小说中借取分毫。干草燃起的一把烈火原本也同样可以是它的发行者。目睹受刑者的鲜血曾一度令它们思路中断，使它们的重要性化为乌有。它们曾写于紧张、愤怒、恐惧之中，写于竞争、憎恶、诡诈之中，写于悄然冥思之中，写于对未来、友谊与爱的幻想之中。这就可以看出它们曾受到时局何其巨大的影响。此后对它们的浏览远多于细读。

这本册页也许不曾属于任何人，因为一个人生命的意义是如此深藏于其奔波跋涉之中，而且难以与一种时而令人惊愕的模仿加以分离。不过这些倾向最终都得到了克服。

这些笔记表明了一种人文主义的抵抗，这种人文主义对其责任意识清醒，对其德行出言谨慎，希望为其阳光的奇想保留一块**难以接近**的自由领地，并下定决心为此付出**代价**。

1

尽己所能，去教人如何变得高效，为了那需要达到的目标但不走更远。更远处烟雾笼罩。哪里烟雾笼罩哪里就有变动。

2

请你不要在结果之车辙上停滞不前。

3

将现实一路引向行动，仿佛一枝滑入幼童酸嘴中的花朵。对绝望的钻石（生活）不可言喻的认知。

4

做斯多葛派[1]，就是自我冻结，带着一双那喀索斯的明眸。我们清点了刽子手可能从我们身体的每一方寸上

1 斯多葛派：古希腊罗马时期的思想流派，在生活方面强调克己修身、恬淡寡欲、服从命运。

抽取的一切痛苦；然后心灵收紧，我们已经出发并与之直面。

5

我们不属于任何人，除了一盏灯金色的焦点，这盏灯既不认识我们，也不接近我们，却令勇气与沉静保持警醒。

6

诗人努力的目标就是把古老的敌人转变为磊落的对手，一切丰饶的未来都取决于这一计划的结果，正是在那里各型风帆矗立、交织、没落并消亡在大陆之风把它的心还给深渊之风的地方。

7

这场战争将一直延续到柏拉图式[1]的停战之后。政治

1 柏拉图式（platonique）：在法语中有“理论化的”“抽象的”“空洞的”“缺乏实效的”等意。

观念的植入将继续自相矛盾地延续，在痉挛中，在一种自信于其正当性的伪善名义下。不要微笑。远离怀疑主义与屈从，让你有死的灵魂做好准备以此在城墙内迎击那些近似于微型妖精的寒冰魔鬼。

8

当自保之本能在占有之本能的强求下自其体内坍塌，原本理智的生灵便失去了他们关于生之大限的概念乃至日常生活的平衡。他们变得对环境的些微颤抖充满敌意，并且毫无节制地屈从于谎言与罪恶的要求。在不祥冰雹的坠落中他们悲惨的生存处境风化瓦解。

9

“疯狂亚瑟”[1]，在起步的摸索之后，现在他以其全部果敢而强劲的天性参与了我们的博弈游戏。他对行动的强烈渴望必然可以在我分配给他的明确任务中得到满足。他服从并约束自我，出于对斥责的畏惧！若非如此，上

1 布鲁诺·夏尔马松的代号，夏尔在抵抗运动期间的战友之一。

帝知道他的英勇最终会捅出什么窟窿！忠诚的亚瑟，如同一位古代战士！

10

一切权威、策略与机巧都不能取代哪怕一点点为真理服务的信念。这一老生常谈，我相信已将其改进。

11

“园艺师”[1]，我的兄弟，我一直没有他的消息，他曾幽默地说自己和庞贝[2]的猫咪很亲。当我们得知这个慷慨的生灵已被关进集中营，他的监狱不会再打开些许；从此锁链挑衅着他的勇气，奥地利已把他占据。

12

那曾把我置入世界并将把我从中驱逐的，只在我过

1 弗朗西斯·居雷尔的代号，夏尔童年时的玩伴和在抵抗运动期间的战友之一。第二次世界大战时期被盖世太保抓获并关入奥地利林茨附近的集中营，1945年返法。

2 庞贝：古罗马城市之一，公元79年维苏威火山爆发时被火山灰淹没，1748年被重新发现。

于虚弱无力对其抵抗时方才作祟。我出生时她是一位老妪，我死去时她是年轻的陌生女。

唯一和同样的**过客**[1]。

13

那通过图像去观看的时间是一种从视线中丢失的时间。存在与时间[2]大不相同。图像闪烁永恒，当它超越了存在与时间。

14

在两次决定性的尝试之后，我可以很容易使自己相

---

1 过客（Passante）：原文首字母大写，意在强调某种超越个体的、冷漠的过客，此处可能暗指死亡。

2 1955年马丁·海德格尔访法前曾对他的法语译者、哲学家让·保福莱（Jean Beaufret）提出他希望此行能有机会结识乔治·布拉克与夏尔，夏尔也因此在家中接待了海德格尔，后于1966年、1968年及1969年三次邀请海德格尔前往法国南方小城托莱（Thor）讲学。但没有确凿证据表明夏尔在写作《修普诺斯散记》期间对海德格尔出版于1927年的《存在与时间》（1938年法译片段发表，法译全版出版于1964年）有具体深入的理解。《勒内·夏尔传》作者、《勒内·夏尔词典》主编达尼埃尔·勒克莱尔（Danièle Leclair）也认为此处关于“存在与时间”的表述不太可能受到海德格尔的影响，至少在具体含义上大异其趣。

信，那些在我们不知不觉中混入我们中间的窃贼无药可救。充满寄生虫恶意的皮条客（他以此为荣），敌人面前的动摇者，他在其对暴行的汇报中打滚，仿佛泥浆里的公猪；在这个背德者身上，没有任何值得期待，除了最深重的无聊。而且他很可能把某种肮脏的流质引入这里。

我将亲自了结此事。

15

孩子们在周日无所事事。“麻雀”[1]建议一周二十四天以此将其切分。也就是把周日的一个小时，最好是用餐时间，加入每一天之中，既然不再有干面包。

但愿人们再也不和他谈论周日。

16

与天使融洽相处，我们首要的思虑。

（天使，它在人类体内，与宗教的妥协保持距离，它是来自至高寂静的话语，是无法被估价的意义。它是肺

---

1 夏尔在抵抗运动期间某位战友的别名。

的调音师，为不可能之物富含维生素的葡萄镀金。它熟知热血，无视天国。天使：俯身于心之北方的蜡烛。）

17

我总是满心欢喜地在福卡勒基耶[1]停留，在巴尔杜安[2]家用餐，与菲基艾尔和印刷工马里乌斯握手。这些勇敢之人组成的岩壁是友谊的堡垒。所有那些令清醒受阻并使信任减低的人都被驱离此地。我们已经一劳永逸地在本质之物面前结为夫妻。

18

把假想的部分推迟至以后，它同样具有行动的可能。

19

诗人不能在**语言**[3]的平流层中长久逗留。他必须在新的泪水中盘绕并在自身的律令中继续前行。

---

1 福卡勒基耶：法国普罗旺斯地区的一个市镇。
2 1944年9月，这些被征引者的真名得到了恢复。——作者原注
3 同第5页注2。

20

我想起这个拥有独裁胃口的逃兵军团，在这健忘的国度，那些从这个该死的费解年代幸存下来的人也许将看到他们重新掌权。

21

苦涩的未来，苦涩的未来，玫瑰花丛间的群舞……

22

致审慎者：雪落在游击队基地上，这是针对我们的无尽追捕。你们的房屋没有哭泣，你们的吝啬碾碎爱意，在那一个又一个动荡的日子里，你们的炉火只是病患的护工。太晚了。你们的癌症已开口说话。故乡不再有任何权力。

23

筑起雉堞的当下……

他挑战。我激赏这位炼金术士。

31

我写得简短。我不能再长久缺席。铺陈会导致执念。牧羊人的朝拜[1]在这个星球上再无用处。

32

一个没有缺点的人是一座没有罅隙的山。他让我兴趣索然。

（地下水勘探者与不安于现状者的法则。）

33

红喉雀，我的友人，你已在公园荒芜时到来，这个秋天你的歌声令那食人魔意欲听闻的回忆塌陷。

1 《圣经》中记载，在耶稣诞生后，一群牧羊人在天使的感召下进入伯利恒朝拜降生于马槽中的耶稣。参见《新约·路加福音》第二章第七节至第二十节。

34

嫁亦不嫁于你的家宅。

35

你将是水果滋味的一部分。

36

疲惫的天空穿入大地的时代，人类在两种蔑视间奄奄一息的时代。

37

革命与反革命为了再一次相互对峙而伪装自己。

短暂的坦诚！紧随雄鹰之搏击而来的是章鱼的扭斗。人类的天赋在于，他自以为已经发现了确切的真理，于是把杀人的真理转化为允许去杀人的真理。这些伟大天启者的阅兵式在那身披铠甲气喘吁吁的世界前台逆行。然而集体性神经官能症从神话与象征之眼中凸显，血气之人[1]将生命置于酷刑之中，似乎没有为此付出丝毫悔

1 血气之人（I'hommepsychique）：在《圣经》中特指具有思考能力但尚未接受圣灵启示的人，与“属灵的人”（I'homme spirituel）相对，和合本《圣经》译作“属血气的人”。

恨。描画的花朵[1]，可憎的花朵，把它黑色的花瓣转入太阳疯狂的躯体。源泉你在哪里？疗救你在哪里？结构你是否终将改变？

38

他们任由自己从成堆的偏见上跌落或在虚假原则的炽热中沉醉。与他们联合，为他们驱魔，减轻他们的负担，增强他们的肌肉，使他们柔软，然后说服他们，从某一时刻开始，那些被普遍接受的观念的重要性将极其相对，最终任何“事务”都事关生死，而非某种也许无法在命运之洋上留下其海难痕迹的文明内部有待确认的细微差异，这正是我在我周围竭力试图证明之物。

39

我们曾在认知的渴望与获得认知后的绝望间无所适从。蜂刺不会放弃它的灼痛，我们也不会放弃我们的希望。

---

1 指纳粹万字旗。

40

纪律，你在流血！

41

如果不能时不时把无聊密封，心就会停止跳动。

42

在那决定他命运的两记枪响之间，他曾有时间对着一只苍蝇说：“女士。”

43

嘴你曾决定这是婚姻还是葬礼，毒药还是饮料，美感还是病态，那么苦楚与它的晨光——温柔——都变成了什么？

那正在发怒并腐化的可憎头颅。

44

朋友，雪为了一份简单纯粹的工作等待着雪，在天空与大地边缘。

45

我梦想着一个遍地鲜花的亲切国度，由于智者的思虑而被猛然激怒，同时因为某些站在女子身旁的神灵的热忱而被感动。

46

行动是贞洁的，即便被重复。

47

来自雷朗[1]的马丁把我们称为：行事机密之人。

48

我不恐惧。我仅仅有些眩晕。我必须缩短敌我之间的距离。水平地向他迎战。

49

有些东西会在永恒虚无中产生诱惑，如果最美好的

1 雷朗：法国普罗旺斯地区的一个市镇。

日子在它那里仅仅是毫无差别的一天或另一天。

（让我们斩断这根枝杈。没有任何蜂群会去那里筑巢。）

50

面对一切，**面对这一切**，一把左轮手枪，朝阳的许诺！

51

把他从故土连根拔起。将他重新栽入你认定必将和谐的未来之壤，鉴于一场未完成的胜利。让他从感官上触碰进步。这就是我技巧的秘密。

52

“铁砧的微笑。”这个意象对我而言曾显得充满魅力[1]。它使人想起一束在其电光中消逝的火星。（铁砧已经冷却，铁块不再赤红，被破坏的想象力。）

1　这里暗指夏尔二战前创作的诗集《无主之锤》（1934）。

53

涌起的密斯托拉风[1]并未给予事物便利。随着光阴流逝，我的忧心增长，卡波[2]的现身几乎坐实了我的忧虑，他在道路上窥伺着穿行的车流并随时可能将其拦下以此发动一次针对我们的攻击。第一个货柜[3]在落地时爆炸。狂风扇起的烈火在树林中延烧并迅速地在地平线上造成了光斑。飞机轻微改变了它的航向并执行了第二次飞越。铁筒在七彩绸带后散入一片广域。数小时间我们在一片地狱般的明亮中奋战，我们的团队分成三组：第一组人面对大火，铁铲与斧头无比忙碌；第二组投身于寻找武器和四散的炸药，把它们安全运回卡车；第三组构成掩护部队。慌乱的松鼠，从松树顶端跳入火场，仿佛极细小的彗星。

我们勉强避开了敌人。黎明比他们更早把我们发现。

（警惕传闻。它是一个车站，其站长痛恨扳道工！）

---

1 密斯托拉风：法国南部冬季的北风，强劲、寒冷、干燥。

2 卡波：即安德烈·卡波，夏尔指挥的游击队活动区域中负责监管道路的维希政府宪兵之一。

3 夏尔在抵抗运动期间曾率领游击队负责接收盟军夜间由北非起飞的军机在普罗旺斯地区进行的弹药及人员空投。

54

五月的群星……

每一次当我抬眼望天，恶心感便压垮我的下颚。我不再听到，当快感的呻吟从我隧道的凉意中升起，那微微敞开的女人的喃喃细语。一抹史前仙人掌的灰烬把我的沙漠碾成齑粉！我不再有能力死去……

飓风，飓风，飓风……

55

从未最终成形，人类是其对立物的窝藏者。他的各个面向根据他是否成为某种煽动的目标而设计出不同的轨道。神秘的抑郁，荒诞的灵感，从火葬场庞大的外侧涌现，如何强迫自己对此视而不见？啊！在树皮的一季又一季上慷慨地环流，当杏仁颤抖，无拘无束……

56

诗篇是饱含狂怒的升腾；诗学，贫乏羊倌的游戏。

57

泉水是岩石而语言被截断。

58

话语、风暴、寒冰与鲜血将通过造就一片共同的冰花而完成。

59

如果人类无法时而决定性地合上双眼，最终他便无法再看到那值得被观看的事物。

60

让那些期期艾艾而非滔滔不绝的人，那些在断言某事时脸色绯红的人的想象力生辉。他们是坚定的游击队员。

61

一位来自北非的长官，震惊于我的“那伙游击队员”——他这样称呼他们——以一种他无法掌握其意义的语言表达他们的想法，他的耳朵无法处理这类“图像的表述”。我向他指出黑话只不过比较别致生动，而在这里使用的语言则源自那些我们在长久生活中亲密交往的人与物所传达的惊叹。

62

我们的遗产未被预置任何遗嘱。

63

我们只为那些能够令我们塑造自我的理由而拼死抗争，带着这样的理由我们燃烧自己同时与之融为一体。

64

“人们会怎样对待我们，*以后*？”这是困扰着米诺的难题，他在十七岁的年纪补充道：“我，也许我会重新变成十五岁时的糟糕模样……”这个孩子，被他同伴的榜样刻画得太过一致，他的善良意志与他们相似得太过缺少个性，从不关心自己的得失。现在正是这一点拯救着他。我担心*以后*他会重新找到他那些迷人的蜥蜴，而它们的无忧无虑已被一群野猫窥伺……

65

抵抗者的素质，哎，在各处并不相同！某位约瑟夫·方丹，他一身正气并拥有一片农田，在他身边，某位弗朗索瓦·库赞，某位克劳德·德沙宛，某位安德烈·格里耶，某位马里乌斯·巴尔杜安，某位加布里埃尔·贝松，某位让·鲁大夫，还有某位罗杰·绍东，他们把奥莱松[1]的小麦谷仓布置成了一座艰险的要塞，而有多少难以察觉的江湖骗子更关心享乐而非创造！可以预见那些虚无的公鸡将在我们耳边吵闹，当**解放**来临……

66

如果我承认这一将生命引向其怯懦的恐惧，我会立刻在这个世界上置入许多明确的友谊朝我驰援。

1 奥莱松：法国普罗旺斯地区的一个市镇。

67

阿尔芒，天气预报员，这样定义他的职责：谜语般的服务。

68

脑中的残渣：在莱茵河东边。道德的混乱：在河这边。

69

我看到因政治腐化而堕落的人类，正在混淆行动与赎罪，把自我毁灭称作征服。

70

魔鬼无声的醇酒。

71

夜色，以我们骨骼中凿成的回旋镖的全速，呼啸，呼啸……

72

以原始人的方式行动并从战略家的角度预期。

73

去信任青草的底土，今夜一对蟋蟀曾在那里歌唱，诞生前的生命理应无比温柔。

74

孤独而多面。守夜与睡眠仿佛同一把鞘中之剑。相互隔绝的食物填充的胃。蜡烛的高度。

75

这场仅仅唤起了一点点对援军之怀念的骤雨（伦敦[1]）让人何其沮丧。

---

1 1940年6月法国本土沦陷后，伦敦成为西欧反法西斯阵营的中心，戴高乐也于此时逃亡英国并展开了自由法国运动，通过广播号召生活在本土的法国人展开抵抗。

76

面对信口开河的卡尔拉特，我曾说："当你死去时，你将照管属于死亡之物。我们将不再伴你左右。我们全部的资源已不足以让我们去解决我们的工作并领会其无力的结果。我不愿因乌云窒息你的山峰而让雾气压迫我们的道路。此刻于变化有利。请你有效地将它利用或者赶紧走开。"

（卡尔拉特敏感于浮华的修辞。这是一个浮夸的绝望者，一道肥腻的红外线。）

77

如何隐瞒那必须与你结合之物？（现代性的歧途。）

78

在某些处境中最重要的一点就在于适时地克制欣喜。

79

我感谢好运已准许普罗旺斯的偷猎者们在我们的阵线上奋战。这些原始人的丛林记忆，他们的计算天赋，他们无时不在的锐利洞察，如果这一方突发某种故障我一定会十分震惊。我将警惕那些把他们如神灵般加以打扮的事物！

80

我们是无法医治的重度[1]病患，生命邪恶地带来对健康的错觉。为什么？为了虚耗生命并取笑健康吗？

（我必须克服我习性中的这类了无生气的悲观主义，智力的遗产……）

81

赞同照亮脸庞。拒绝予其美感。

82

质朴的杏树，作为好战者与梦想家的橄榄树，你们在黄昏的羽扇上，放置我们奇异的康健。

---

1 重度（sidéral）：本为天文学用语，指“恒星的”，此处夏尔使用了该词在法国南部的一个口语用法，指“极其严重的”，也可理解为“如恒星般长久的”。

83

诗人，生者无穷面容的保管者。

84

为了激活[1]他的灵魂，就要回到他与某个生灵的亲密性之中，同时由我们承担对他的完善之责。遭受捆绑，非己所愿，我体验到这宿命并向此生灵请求原谅。

85

被冻结的好奇心。缺乏对象的评估。

86

最纯粹的收成被播撒在不存在的土壤中。它消灭感激并仅仅受惠于春。

1 激活（mettre à vif）：在法语中和医学中有切除创伤边缘露出健康肌体组织之意。

87

LS[1]，我要为杜朗斯十二号人员收容站感谢你。它从今晚开始投入运行。你以后要注意，被调派到这个地区的年轻团队不会任由自己在杜朗斯城[2]的街道上过于频繁地现身。在姑娘们身边和咖啡馆里逗留超过一分钟就有危险。不过也不必把缰绳拉得太紧。我不希望在团队中出现告密者。在秘密组织之外，让大家停止联络。制止自吹自擂。从两条信息源核准情报。要在大部分情况中考虑到其中至少有百分之五十属于幻想。让你的下属学会保持专注，学会精确观察，学会对情势进行分析。收集传闻并加以综合。把降落点和信箱设置在“小麦之友”[3]家中。武装党卫队有行动的可能，莱梅[4]的外国人营地里犹太人和抵抗者数量过多。西班牙共和主义者们正身处极大的危险。你去通知他们，这刻不容缓。至于你们，要避免战斗。人员收容站是神圣的。如有警报，你

---

1 莱昂·桑格曼的姓名首字母缩写，夏尔在抵抗运动期间的战友之一，参见第27条。

2 杜朗斯城是夏尔对普罗旺斯市镇奥莱松所用的代号。

3 罗杰·绍东的代号，夏尔在抵抗运动期间的战友之一，参见第65条。

4 莱梅：法国普罗旺斯地区的一个市镇。

们要分散隐蔽。除非为了拯救被捕的同志，否则绝不要给予敌人你们存在的征兆。要阻断可疑分子。我相信你的判断力。营地绝不能被泄露。不存在什么营地，只有停止冒烟的烧炭场。在飞机经过之处不要铺晒任何衣物，所有人都要在树下或灌木丛中隐蔽。没有任何人会从我这里出发去找你们，除了“小麦之友”与“游泳健将”[1]。与你的团队一同保持严格和专注。在友谊中装填纪律。在工作中，要永远比任何人多背几公斤同时不因此自傲。要明显比他们吃得少，烟也抽得少。绝不偏爱他们中的任何一人。只容忍一时冲动和无心的谎言。不要让他们远距离互相呼唤。要让他们保持自己的身体与被褥清洁。要让他们学会轻声歌唱，而不是用口哨去吹那些萦绕心头的曲调，学会去讲述事实呈现的本相。夜里，要让他们行走在小路边缘。去暗示一些预防措施；但要把发现的功劳留给他们。好胜心是极好的。要阻止那些千篇一律的习惯。要激励那些你不希望过早死去的人。最后，对于他们所爱的人你也要同时去爱。要做加法，而不是

---

1 加布里埃尔·贝松的代号，夏尔在抵抗运动期间的战友之一，参见第65条。

分割。这里一切都好。挚爱你的。**修普诺斯**。

88

你们如何听见我的声音？我如此遥远地说话……

89

因为五次接连不断的警报而筋疲力尽的弗朗索瓦对我说："我真想用我的军刀交换一杯咖啡！"弗朗索瓦只有二十岁。

90

过去我们曾为时间的不同片段命名：这是一天，那是一月，这空荡的教堂，一年。现在我们靠近了秒，此刻死亡极至暴力而生命得到了最好的定义。

91

我们在井栏边游荡而人们已把它的井口封堵。

92

所有那些一脸怒容而未提高嗓门的人。

93

毅力的较量。

那支撑着我们的交响曲已经寂灭。必须相信更迭之力。还有如此之多的神秘既未被穿透亦未遭毁灭。

94

今晨，当我观察着一条在两块砖石间游走的小蛇，“葬礼上的玻璃蛇[1]，”菲利克斯高喊道。上周遇害的勒菲弗尔，他的逝世，以这样的画面迷信地显现。

95

语言[2]的黑暗把我麻痹并令我免疫。我不参与仙境般的临终。如石块般质朴，我依然是远方摇篮的母亲。

---

1 玻璃蛇：一种无腿蜥蜴。

2 同第5页注2。

96

你无法复查你的作品但你可以签名。

97

飞机俯冲。不可见的飞行员们卸下他们夜间的花园，然后在机身腋下发出一道短暂的火光以此通告作业结束。剩下的仅仅是把散落的珍宝收集汇总。诗人也同样如此……

98

诗篇的飞行线路。这条线路必须对每一个人保持敏感。

99

这位可怜的残疾人，当一群**辅警**[1]剥掉他仅有的旧衣衫，然后将他在瓦谢雷[2]秘密处决，指控他为拒服劳役

1 辅警（Milicien）：原文首字母大写，特指1943年以后法国维希政府为了镇压抵抗运动而招募的民兵及辅警。

2 瓦谢雷：法国普罗旺斯地区的一个市镇。

者[1]提供庇护，他在我眼中就仿佛一只死去的山鹑。这些强盗在给予他致命一击之前曾和一个参与征伐的女孩长久地淫乐。一只被扯下的眼睛，一面被捅穿的胸膛，无辜者咽下了这片地狱和**他们的嘲笑**。

（我们已经抓获这个女孩。）

100

我们必须克制我们的狂怒与憎恶，我们必须把这些情绪与他人分担，为了树立并扩展我们的行动及我们的道德。

101

想象力，我的孩子。

102

记忆无从影响回忆。回忆无力反抗记忆。幸福不再涌现。

---

1 拒服劳役者：特指抵抗运动期间拒绝前往德国进行强制劳动的人。

103

一米长的腑脏衡量我们的好运。

104

唯有双眼尚能发出叫喊。

105

思想，徘徊往复，就像这只昆虫，当灯一熄灭便刮擦着厨房，扰乱着寂静，搅拌着垃圾。

106

地狱般的职责。

107

我们不会像对待一位过路访客那样为泪水收拾出一张卧榻。

108

一种种炽热的能力与一条条行动的准则。

109

这些花朵全部的芬芳是为了让那降落在我们泪水上的夜晚恢复安详。

110

永恒几乎不比生命更长。

111

光明已被驱离我们的眼睛。它埋藏在我们骨骼中的某地。现在轮到我们去把它捕获以此修复它的冠冕。

112

宇宙的认可具有天堂的印章。

（在我最逼仄的夜中，希望这份恩宠能够被我接受，相比从某些高处察觉而完全无须猜测的征兆，这更加震撼人心，意义非凡。）

113

去亲近那些不是在宗教这令人发疯的孤独中，而是在以糟蹋我们挚爱面庞为目标的一连串无养分的绝境中被造就的人。

114

我不写顺民诗篇。

115

在**橄榄园**[1]中，谁曾是多余的人？

116

不必过于介意那些在人们身上暴露的口是心非。事实上，矿脉总被切割成多个分段。让这成为一种刺激物而非仅止于发怒的对象。

117

克劳德对我说："女人是统治荒诞的女王。男人与她

1 橄榄园（Oliviers）：原文首字母大写，特指《圣经》中的客西马尼园，耶稣和他的门徒在最后的晚餐后前往此处。耶稣独自一人痛苦地向天父进行了三次祷告，而他的门徒在此时却都睡着了。

们接触越深，她们就越让这种接触变得复杂。直到我成了‘游击队员’，我才不再感到不幸或失望……”

以后总有时间能教会克劳德，没有人在修剪其生活之时会不割伤自己。

118

负责惩罚的女人。

掌管复活的女人。

119

我思念着我深爱的女子。她的脸突然间被面具遮蔽。现在轮到虚空患病。

120

你把一根火柴伸向你的灯，但点燃之物并未放送光芒。唯在离你远而又远处光晕闪烁。

121

我瞄准了中尉,“溅血”[1]瞄准了上校。盛开的金雀花把我们隐藏在它那火焰般的金雾背后。让和罗贝尔扔出了炸弹。矮小的敌军上校在后退中被立刻打倒。机枪手除外，但他并没有时间形成危害：他的腹腔已经炸裂。两辆汽车帮助我们撤离。上校的公文包价值极高。

122

穷苦泉[2]，奢华的喷泉。

（行军锯断了我们的腰，掘开了我们的嘴。）

123

在这些年轻人身上，有一种对良心令人感动的渴望。没有任何他们父辈如此反复的无常变化遗留的痕迹。啊！希望能把他们送上人类处境的康庄大道，而我们无须担心将来某一天要为这一处境恢复声名。但上帝对我

1 让·夏尔马松的代号，夏尔在抵抗运动期间的战友之一。

2 穷苦泉（Fontaine-la-pauvre）：直译为“穷苦泉”，法国南方某地一处喷泉的名字。

们的纷争保持着距离，起源之钳感到其力量正离它而去，必须要求新的行家们具备思维的广阔与践行的精细，对此我还没有捕捉到任何预兆。

124

穴居的法兰西人民[1]

125

让才智启程而不依凭参谋部地图的援助。

126

在现实和它的陈述之间，你的生命赞颂着现实，而这纳粹的卑鄙毁坏着它的陈述。

127

一个时代终将到来，那时世界方格上的各个国家会像同一躯体的各个器官那样紧密相依，在结构上融为

1　此处代指抵抗运动时期在洞穴和地窖中藏身的游击队员和抵抗者。

一体。

头脑，被机关塞到爆裂，它是否还能确保梦与消愁的涓流存在？人，迈着梦游者的步伐，走向致死的矿床，被发明家们的歌声牵引……

128

还没等面包师打开他店面的铁帘，村庄已被围困，被封堵，被催眠，被置于行动的不可能之中。两队党卫军和一支辅警分队使村庄处在他们的枪膛和炮口下。于是考验开始了。

居民们被从房中逐出并被勒令集合于中心广场。钥匙挂在门上。一个耳背的老人，没能足够迅速地执行命令，眼睁睁看着他谷仓的四壁和屋顶在一颗炸弹的冲击波下四处飞散。刚过四点我就醒了。玛赛尔在我的百叶窗下向我小声报警。我立即意识到尝试去穿越警戒线并抵达田野已是徒劳。于是我迅速地更换了住处。我所隐藏其中的荒宅在最极端的情况下可以进行高效的武装抵抗。我可以从窗户发黄的窗帘后面追踪占领者们神经紧张的往来徘徊。目前村中没有任何我的伙伴。这个想法让我安心。几公里之外，他们应该正遵循着我的指令并保持隐蔽。几声枪响传进我耳中，间或还有几声咒骂。党卫军无意中撞见了一个年轻瓦匠，他刚清理完捕兽夹回来。他的惊恐表明了他们对他的拷打。一阵咆哮笼罩在这具肿胀的身体上："他在哪？给我们带路。"接着便是寂静。雨点般的拳脚和棍棒倾泻而下。一种近乎疯狂的怒火把我占据，驱离了我的焦虑。我的双手将其紧绷的汗水传递给我的武器，激发起它被抑制的力量。我估计这个不幸的人又沉默了五分钟，接着，不可避免地，他开口了。我为自己期待他能在此之前死去而感到羞耻。此时此刻突然从每一条街道喷射出妇女、老人与儿童的人潮，遵循着一个共同议定的计划，涌向集合地点。他们有条不紊地加快了步伐，从党卫队身边一拥而过，"真心诚意"地令他们动弹不得。瓦匠被当成死人抛在了一边。愤怒的巡逻队在人群中开出一条路并渐渐走远。带着无穷的谨慎，现在那些焦虑而善良的眼睛朝我的方向望来，仿佛一束灯火穿过我的窗口。我露出半身，一个微笑显露在我苍白的脸上。我与他们通过一千条信任的丝线连接在一起，其中任何一条都绝不能断裂。

那一天我是如此狂烈地爱着我的这些同类，远远超过了所谓牺牲[1]。

129

我们就像这些在沼泽严峻的夜色中彼此召唤却互不得见的蟾蜍，用它们爱的呼喊令天地间的一切宿命臣服。

130

我曾用群山的残屑去制作那些能够在未来某一时刻令冰川流芳之人。

131

在每一次共同进餐时，我们都邀请自由入席。座位始终空空如也，然而餐具依然摆放整齐。

---

1 难道是意外让我在这一天被选为王子，而非这个村庄为我而成熟的心灵吗？（1945）——作者原注

132

从各个层面萦绕着一切人类之精神的想象力似乎正匆匆离人而去，当后者面对着极端任务只会向想象力申明这“不可能”与“难以接近”。必须承认诗的至高主权无法放之四海。

133

“慈善之举必须得到维护，因为人本身并不乐善好施。”愚话。啊！血淋淋的浅薄。

134

我们就像这些在高山冰湖中被活捉的鱼。物质与自然看似保护着它们却几乎无从限制渔夫的好运。

135

不能为了成为一些人实际的援手而去爱他们。只需去期待当他们的视线落在比之更穷苦的人身上时，他们目光中的某些神色能变得更加友善，去为他们生命中感到愉悦的某一分钟再延长一秒。从迈出这一步开始并且处理了种种盘根错节之后，他们的呼吸会更加泰然。尤其不可为他们彻底拆毁这些艰险的道路，在努力过后随之而来的将是历经泪水与果实的真理。

136

青年手握铁锹。啊！但愿人们不会将它剥夺！

137

山羊在羊群右方。[1]（当牧人善驭，牧犬可靠，诡计与天真并行也挺好。）

138

可怕的一天！我参与了，在几百米外，B[2]的死刑。我只需扣动步枪扳机他就可能获救！我们当时身处俯瞰

1 《圣经》中曾提到："万族要聚集在他（耶稣）面前，他要把他们彼此分开，好像牧羊人把绵羊和山羊分开一样。""绵羊"和"山羊"分别代表天真与诡计，牧人需要将二者分开。此处反其意而用之。

2 罗杰·贝尔纳的姓氏首字母缩写，青年诗人，夏尔在抵抗运动期间的战友之一。1944年6月22日，他被党卫军抓获并处决。

塞莱斯特[1]的高地，手握足以令灌木爆燃的武器，至少在数量上与党卫军不相上下。他们不知道我们正在那里。面对着四周一双双环绕着我恳求开火信号的眼睛，我摇头表示拒绝……六月的太阳使一阵极地般的冰冷流进我的骨骼。

他倒下了，仿佛并没有察觉到他的那些刽子手，他是如此之轻，在我看来，似乎风最轻微的呼吸也能把他吹离大地。

我没有打出信号，因为这个村庄必须不惜一切代价加以守护。一个村庄究竟意味着什么？一个与别处毫无二致的村庄吗？也许他曾知道，他，在这最后的瞬间？

139

是热情托举着年华的重负。是欺骗讲述着世纪的衰疲。

140

生命曾始于一次爆炸并终于一条协议？这何其荒诞。

1　塞莱斯特：法国普罗旺斯地区的一个市镇。

141

对抗恐怖的就是这座渐渐填满雾气的山谷，是树叶如失灵引信般转瞬即逝的沙沙声，是这分布均匀的负荷，是在夜色温柔的皮层划下万千丝缕的动物与昆虫轻声的移动，是这被爱抚的面庞酒窝上的苜蓿种子，是这绝不会成为火灾的月光大火，是意图不为人知的细小明天，是躬身微笑的色彩鲜艳的半身雕像，是几步之外某位蹲坐着思考自己腰带的皮革即将磨断的临时战友的身影……恶魔与我们约定的时间地点又何足挂齿！

142

发怒群山的时代，空幻友情的时代。

143

山中夏娃。这位年轻女子她那不可分割的生命与我们夜晚的心灵尺寸如一。

144

你衰老的蝴蝶之骨已被深深刺痛！

145

有种幸福正是被延迟的焦虑。微蓝色的幸福，令人赞叹的违抗，它们带着喜悦奔向前方，碾碎当下及其一切诉求。

146

罗杰[1]曾无比幸福地在他年轻妻子的敬仰中成为藏匿上帝的丈夫。

今天我从向日葵田地边缘走过，那里的景观曾给予他启迪。干旱使这些既令人赞叹又平淡无奇的花朵低下头去。正是在几步之外他的鲜血曾经流淌，在一株古老的桑树下面，因其树皮的层层厚度而喑哑。

147

以后我们是否会类似于这些岩浆不再奔涌、野草茎干枯黄的火山口？

---

1 即罗杰·贝尔纳，夏尔在抵抗运动期间的战友之一，参见第138条。

148

“来了！”凌晨两点。飞机看见了我们的信号并降低着它的高度。微风不会为难那位我们等候的来访者跳伞降落。月光仿佛鼠尾草与擦亮的锡铁。“鼓膜诗派。”莱昂小声说道。他总能找到合景之词。

149

我被打上石膏的胳膊让我受苦。尽管伤口浮肿，亲爱的“高瘦”医生[1]依然尽其所能地进行了处理。所幸我的下意识让我在摔倒时做出了合适的应对。若非如此，我手中握住的那颗拔去销钉的手榴弹会有极大的爆炸风险。所幸德国军警没有听到任何动静，感谢他们高速运转的卡车引擎。所幸我那撞上天竺葵罐的脑袋没有失去意识……我的同志们为我恢复神志而向我祝贺。我艰难地说服他们这没有我自己的任何功劳。一切都发生于我之外。在从八米高的地方摔下后我感觉自己变成了一筐脱臼的骸骨。幸好它们大抵完好如初。

---

1 让·鲁的代号，夏尔在抵抗运动期间的战友之一，参见第65条。

150

去决定某些生灵命运的感觉是一种奇怪的感觉。没有你的干预，生活乏味的转灵台[1]也许不会做出多少抗拒。然而现在他们被交给了悲怆的重大时局……

151

请你自己回复“缺席”，否则你很可能不被理解。

152

清晨的宁静。色彩的感知。鹞鹰的好运。

153

今天我能更好地阐明我对简化的需求，去把一切归于一体，在我决定某件事是否必须发生的瞬间。人勉为其难地远离他的迷宫。千年神话[2]力阻他不要走开。

---

1 转灵台（table tournante）：直译为“旋转圆桌”，19世纪诞生于美国（被称为“table moving”）并迅速风靡欧洲的一种招魂术或通灵术，是招魂者与彼岸鬼神的一种交流手段，以此预知未来生活中将会发生何事。

2 特指希特勒和纳粹德国对于第三帝国的艺术、文化与国运必将长存千年所构造的神话。

154

诗人，虽会流于夸张，却在酷刑中正确地做出评断。

155

我爱着这些生灵，他们如此深爱他们心中设想的自由，以至于会为了阻止失去哪怕一点自由死去而牺牲自己。这是民众令人赞叹的德行。（自由意志未必存在。生灵也许会根据他的细胞、他的遗传，根据其命运或短或长的行程而得到定义……然而在这一切与**人类**[1]之间存在着一块遍布意外之事与变形之物的飞地，必须守卫其入口并确保对它的维护。）

156

积累，然后分发。去成为天地之镜中最致密、最有益同时最不显眼的部分。

1 人类（Homme）：原文首字母大写，特指普遍的人类。

157

听闻罗伯特（埃米尔·卡瓦尼）的死讯我们心如刀绞，他在福卡勒基耶的一个圈套中遇害，星期天。德国人夺走了我最好的行动伙伴，他些许的帮助也曾使灾难偏移，他零星的出场也能给每个人潜在的虚弱致命一击。一个没有理论学识但在无数困境中成长起来的人，具备一种始终如一的善意，他的判断无懈可击。他的举止得到了智慧与熊熊燃烧的勇气的教导。足智多谋，他把他的种种优势发挥到底。他笔直地承受了他的四十五个春秋，仿佛一棵自由之树。我已然爱着他而未吐露丝毫，不带任何无用的重负。毫不动摇。

158

借助追忆，我们发觉，在窃贼与凶犯粗俗的劳教所内，那些伸屈自如的羽翅，那些无恨的笑容。**挥舞癌症之拳的人**[1]，内心的强大**杀手**[2]已顺应我们的考虑而加以

---

1 挥舞癌症之拳的人（Homme-au-poing-de-cancer）：原文首字母大写，特指将致死的拳头用于正途之人——手执武器的抵抗者。

2 杀手（Meurtrier）：原文首字母大写，特指正义的杀手——手执武器的抵抗者。

改造。

159

在布谷鸟与我们这些早已变得悄无声息的生灵之间存在着一种极紧密的亲缘，于是这种如此难以得见的小鸟，裹着一身浅灰色的匿名性从视线中穿越，顺着它那撕裂的歌声，从我们身上博得一阵长久的战栗。

160

人性的露水在拂晓与日出之间，在圆睁的双眼与追忆的心灵之间勾勒并掩藏它的界限。

161

把你曾唯独许诺给自己的东西放到他人面前。这就是你的契约。

162

是时候了：诗人感到从他身上涌起这正午的飞升之力。

163

歌唱你彩虹般的渴望。

164

我们忠诚而极度脆弱，用对突发事件的清醒意识对抗无端言行[1]（又一个粪便般的词语）。

165

果实是盲目的。树木方能远望。

166

为了让一份遗产确实足够丰厚，死者之手必不可得见。

167

凯蒂，一只母犬，在接收空投时和我们一样欢愉。

1 言行（gratuit）：在法语中本是一个形容词，意为“免费的、无动机的”。此处作为名词使用让人可能联想到以下两层意义：一是廉价的词语、免费的宣传口号（mot gratuit），即维希政府时期的官方意识形态；二是无故的、无动机的肆意之行，也就是纪德在《梵蒂冈地窖》中所提及的无动机行为（actegratuite）。

它不吵不闹地跑过一件件货物，对每一件物品充满果断的认知。工作结束后，它幸福地躺卧在堆积如山的降落伞上并沉沉睡去。

168

抵抗就是希望。好似那修普诺斯的月亮，今夜在它的四方圆满，明天用目光扫视诗的通道。

169

清醒是最靠近太阳的伤口。

170

自由最非凡的瞬间便是历经其时无意识变为意识而意识归于虚无（或疯狂的果园）。

171

寒气的灰烬身处歌唱拒绝的火中。

172

我同情那些要求别人为他本人偿清债务却又为这些债务加剧毫无根据的空洞声名的人。

173

有些女性仿佛大海的波涛。带着全部的青春活力向前冲去，她们跨越对于归途而言过于高耸的岩石。这摊水迹从此便将滞留于此，遭到囚禁，因闪电而显得美丽，由于她所蕴含并渐渐取代她活力的盐晶。

174

真理的丧失，这一以善（尚未堕落的、充满灵感与奇想的恶是有用的）为名的有组织丑行的压迫在人的肋部切开一道伤口，唯有那未被明示的辽阔远方（出乎意料的生机）的希望方能减轻痛苦。如果荒诞是人世间的主宰，那么我选择荒诞，选择这抗静电材料，在所有悲怆的机遇中它离我最近。我是属于陡峭河岸的人——开凿并燃烧——无法始终属于激流。

175

牧场上的居民令我狂喜。对于它们脆弱却毫无恶意的美，我会不厌其烦地为自己记诵。田鼠，鼹鼠，在青草之梦中迷失的悲凄孩童；玻璃蛇，矿物之子；蟋蟀，比任何人更加顺从；还有那发出噼啪声响并计算着织物数量的螽斯，那佯装醉酒并用它安静的碰撞逗弄花朵的蝴蝶，那因广阔绿野而明理的蚁群，那片刻间从上空掠过的流星飞燕……

草原，你是白昼的宝箱。

176

自从山中的亲吻之后，时光把自己引向蜿蜒的常青藤与那由其双手烫金的夏天。

177

孩子们正实现着这个可爱的奇迹，始终保持童心并通过我们的眼睛去观察世界。

178

我曾把乔治·德·拉图尔《囚犯》的彩色复制品钉在我工作间的石灰墙壁上，随着时间推移，看上去它正思索着在我们生存处境中的意义。它扼紧人心但却让我们多么满足！两年来，没有哪个拒服劳役者在穿房过屋时不被这烛火的证据烧灼双眼。女人在解释，囚徒在倾听。从这赤红天使尘世的侧影中落下的词语是最本质的词语，是能即刻带来救援的词语。在黑牢深处，烛光的油脂在转瞬间勾勒又冲淡着那蹲坐者的脸廓。他干荨麻般的枯瘦身躯，我看不出有任何回忆能令它战栗。食皿已经损坏。但膨起的裙摆猛然把黑牢填满。女人的**语言**[1]比任何一道晨曦更能促使出乎意料的事物诞生。

感谢乔治·德·拉图尔，他用人类间的对话征服了希特勒式的昏黑。

179

请你来到我们这些因中暑而步履蹒跚的人身边，心

1 同第5页注2。

无一丝轻蔑的姐妹，哦，夜晚！

180

时辰到了，窗户从房屋中逃离，为了在世界尽头点亮自己，那里将显露我们的天地。

181

我羡慕这个孩子，他俯靠在阳光的笔迹上，然后奔向学校，用他的虞美人驱散惩罚与奖励。

182

为重重封锁的群山弹唱的诗琴。

183

我们在一座桥上战斗，它架设在脆弱的生灵与朝向确切力量之源泉的连续跳跃之间。

184

治愈面包。入席美酒。

185

有时我的庇护所便是圣茹斯特[1]热月九日国民公会上的缄默。我理解，哦，多么理解，抵达这种沉默的过程，水晶百叶窗已朝交流彻底关闭。

186

我们是否注定只能成为真理的开端？

187

对于生者具备意义的行动只对死者才有价值，它只在那些将其继承并对其发问的意识中获得完成。

188

在现实世界和我自己之间，如今不再存有悲伤的厚度。

---

1 安东万·路易·德·圣茹斯特（Antoine Louis de Saint-Just，1767—1794）：法国大革命期间雅各宾派军事和政治领袖之一，以激昂的演说闻名于世，热月九日，政变失败后被处死。热月九日，当国民公会议员对圣茹斯特进行指控时，他一反常态保持沉默。

189

有多少人混淆了反抗与火气，混淆了情绪中的血统与花序。然而一旦真理找到了一个值得交锋的敌手，它便会脱下那无处不在的甲胄并借助自身蕴藏的资源与之战斗。这种在逐渐蒸发中落实深度的感觉不可言传。

190

无情的怪事！从一次守备不善的生活中，投出属于幸福的鲜活骰子。

191

当杏仁从它倔强的硬壳中跃出并变奏它的孤独，这就是最正直的时刻。

192

我看着希望，奔涌江河般宽广未来的血管，在我身边众人的行动中衰颓。我钟爱的一张张容颜在硫酸般腐蚀她们的等待之网中凋谢。啊，我们是如此无依无助，缺乏鼓舞！大海与它的沙滩，这历历在目的脚印，已被敌人整体封印，而在这同一种思维深处躺卧着一个模型，它的材料中等量掺入了绝望的谣言与复兴之确信。

193

我们睡眠的无知无觉是如此彻底以至于没有任何梦的奔跑能够将它穿透、把它唤醒。死亡的种种可能已被一场绝对之洪水淹没，每忆及此便足以使我们呼唤与哀求的生命之诱惑丧失殆尽。我们必须加倍地彼此友爱，这一次仍需如此，必须比刽子手的肺叶更加强劲地呼吸。

194

尽管义愤填膺，我依然激烈地对待自己，以此保持我的墨音。攻城锤般的羽笔，不断熄灭，不断重燃、聚拢、绷紧，在呼吸之间，我写下这些，忘却那些。我是虚荣心的自动木偶吗？真的不是。必须检控显见之事并为它带去生命。

195

如果我幸免于难，我知道我将不得不与这段本质性岁月的留香断绝关系，静静把我的宝藏远远抛弃（而非抑制），重新引导我自己直抵最贫乏的行为准则，就像那个过去的时代，在一种赤裸的不满足中，我曾为自己寻找一种隐隐可见的认知和勇于质疑的谦逊，尽管寸功未立。

196

这位在未来一段时间我的好感必会环绕其身的男子至关重要，因为他的尽责热情正契合于当前有利的整体氛围及我为他制订的种种计划。让我们赶紧一同展开工作，在那令我们互相靠拢的东西不明就里地转向敌对之前。

197

请加入雀跃，而非盛宴，它的尾声。

198

如果生命曾经只能是一次心情失落的沉睡……

199

对诗人而言存在两个时代：一个时代，诗从各个方面对他横加虐待；另一个时代，它又疯狂地任其拥吻。任何一方都无法被完全界定。而后者并没有至高的统治。

200

正是当你因悲痛而酒醉时你才不再感到悲痛，空余水晶器皿。

201

秘密之路在热浪中起舞。

202

欲望如诸神般在出场时对哲学家熟视无睹。作为报偿，哲学家口诛笔伐。

203

今天我经历了绝对权力与绝对刀枪不入的瞬间。我已是一个蜂箱，用它全部的蜜与蜂群飞向了高处的源泉。

204

哦，真理，思维机械的公主，请你保持为大地并在无人称的群星间低语。

205

怀疑存在于一切伟大品格的开端。历史性的不公竭力拒绝将它提及。这类怀疑是一种天赋。不要让它接近那些犹疑之辈，他们已被感官之力的碎屑勾引。

206

一切令我受到时局胁迫的圈套都延长着我的无辜。一只巨人般的手在它的羽笔上把我背负。它的每一行文字修饰着我的品行。我在那里停留，仿佛一株扎根土壤的植物，尽管我的人生季节一无归处。

207

我的某些举动在我的天性中开辟出一条道路，仿佛火车跑过田野，追随着同一种不由自主，伴随着同一种消逝中的技艺。

208

只看见一条水源的人只能认知一种风暴。他的潜力已被妨害。

209

我对妥善安排自己生活的无能起源于我并不仅仅忠于一人而是忠于所有那些让我发现与之具有严肃亲缘性的生灵。这份坚贞在种种矛盾与争论中存续。在这些感受与深意的某一次阻断过程中，幽默感试图让我去设想，那些为了把我消灭而相互联合的生灵。

210

你的鲁莽，一个肉疣。你的行动，一个似是而非的图景，通过涂脂抹粉的一时好意。

（在我的记忆中这个来自索马纳[1]的烧炭工人的无稽之谈始终如在耳旁，他认定法国大革命曾清除了一个罪

1 索马纳：法国普罗旺斯地区的一个市镇，其中保存着一个萨德叔叔的城堡，亦靠近萨德本人的城堡。

大恶极的贵族：某个叫萨德[1]的人。此人的业绩之一便包括了杀害他佃农的三个女儿。侯爵的底裤在第一位美女断气之前便已经绷紧……

这个白痴无法就此住口，山里人的贪婪显然不愿做出任何让步。）

211

伸张正义者的身影渐渐模糊。现在贪婪之徒对旷野中的欧石楠弃之不顾。

212

请你把自己钉入那正向深处挖掘的未知。迫使你自己不断盘旋。

1 萨德（Marquis de Sade，1740—1814）：即萨德侯爵，法国贵族，写作并出版过一系列情色及哲学著作，生前曾多次被批捕、关押，后以精神错乱为名被强制关入精神病院。20世纪时被阿波利奈尔及超现实主义者视为重要的文学先锋与前辈。夏尔的一个亲戚的祖先曾做过萨德的私人秘书，夏尔也因此阅读了许多萨德的笔记与手稿，并对其赞赏有加。

213

今天早上，我注视着回归卡拉冯磨坊的弗洛伦斯的眼睛。小路绕着她飞翔：一地的幼鼠互相嬉闹！纯洁的背与纤长的腿无法在我的目光中缩小。蜜枣般的胸脯停留在我齿边。直到转角处，一片绿荫把我的视线遮挡，我温习着，每一个音符都令我感动，她那令人赞叹的音乐家的身体，它对我所拥有的一无所知。

214

我未曾见过星星在某个将死之人前额闪烁，却看过一扇百叶窗的轮廓，它稍稍收起，从中能够隐约瞥见一系列令人心碎或逆来顺受的物品，在一间快乐的仆从们往来穿行的宽敞房中。

215

这一个个油头粉面的脑袋，我们并不太知道，为何突然出现在属于我们的冬季并从此在这里凝固。他们的血统中记录着一个暗淡的未来。就像这个杜布瓦[1]，被他作为密探的一身斯巴达式脂肪确证并永存。天空的正义与迷途的流弹，请给予他你们幽默感的荣光……

216

牧羊人再也无法成为向导。于是政治人物，这些新来的包税者[2]，由此做出他们的决断。

217

“黑色橄榄树”[3]曾跟我讨要一盆清水去清洁他的手枪。我原本建议用武器润滑油。但其实水才合适。残留在水盆内壁上的血渍超乎我的想象。这具羞愧而颓唐的身影，耳畔炮火连天，挥之不去，回想起这一切究竟所

---

1 乔治·杜布瓦：曾因私吞财务被夏尔从其团队中驱逐。夏尔及其战友认为他在战争结束后的1946年谋杀了他们的同伴加布里埃尔·贝松，但证据不足。同年乔治·杜布瓦被法国共产党开除。

2 包税者（fermier general）：特指法国大革命以前宫廷中负责为王室提供预支借贷的金融家，他们获得国王移交的相应国家税收权力并代替国王收缴国民税金作为还款，并由此在其中大发横财，最终导致王室严重的经济危机并促使了大革命的爆发，在法国是一个极其贬义的形象。

3 勒内·奥巴迪亚的代号，夏尔在抵抗运动期间的战友之一。

为何故？一个伸张正义者回来了，他的苦役已经完成，就像一个人，当他翻掘完他的土地，在朝着萌发的嫩芽微笑之前擦去他铁锹上的污泥。

218

在你清醒的身躯内，现实总是比想象先行了几分钟。这永远无法挽回的时间是一道与这个世界的一幕幕情景格格不入的深渊。它绝非一道单纯的影子，尽管它的气味里有夜晚的宽厚、虔敬的余生与不腐的童年。

219

猛然间你回想起你也有一张脸。曾几何时，构造出脸型的轮廓并非全是悲痛的线条。朝向这复杂的境况许多富有善意的生灵站起身来。疲倦在这里仅仅蛊惑了海难。情人间的孤独曾在此呼吸。看。你的镜子已化成火焰。不知不觉你重新意识到你的年龄（它已从日历中跃起），意识到这增加的寿命，而你生存的努力将造一座桥。退回镜子内部。如果你还没烧尽它的干涩，至少生育力并未在此枯竭。

220

我对战后年代的狂热与缺绿病[1]感到同等忧虑。我预感到令人快慰的一致性和对正义无从满足的食欲只会稍纵即逝，一旦那曾令我们的战斗得以维系的关联遭到销毁。在这里，人们准备着去重拾抽象，在那里，人们盲目地抑制一切可以减轻这个世纪人类生存境况的残酷并令他们得以迈出信任的步伐走向未来的事物。早已四处充斥的恶正在与它的药物交战。幽灵繁殖着劝告与搜查，它们全凭经验行事的灵魂由一堆黏液与神经症组成。这令人类浸透彻骨的雨是对侵略的期待，对蔑视的收听。人们将匆匆走入遗忘。人们将放弃清理废物，放弃修剪与康复。人们将设想被埋葬的死者在他们的衣袋里藏着几枚核桃，然后突然有一天就会意外地出现树木。

哦，生活，如果还有时间，请给予生者一点点你精妙的见解，而不含泛滥的虚荣，并且，在一切之上，也许，给予他们一种确信：你并非像人们所说的那样充满偶然并被剥夺了懊悔。丑陋的并非羽箭，而是倒钩。

1 缺绿病：植物缺少叶绿素而产生的疾病，植株发白，无法有效进行光合作用。

221

夜间明信片

再一次新的一年搅乱我们的双眼。

高草在夜间看护着那些人，他们只爱火焰和被咬穿的牢底。

之后将是胜利者的灰烬
与对恶的叙述；
将是爱的灰烬；
幸存的报丧钟声里的野蔷薇；
将是你的灰烬，
你静止的生活在其阴影锥面上假想的灰烬。

222

我的狐狸[1]，把你的脑袋靠在我膝头。我不快乐但有你足矣。烛台或流星，大地上不再有雄心与未来。黄昏的流转衬托你的低吟与那长满薄荷和迷迭香的营地，还

1 此处指代玛赛尔·彭斯，夏尔在抵抗运动期间的情人。参见第128条。

有在秋天的橙红与你轻盈的裙摆间交换的密语。你是那坡谷深邃的高山的灵魂，遍布黏土之唇背后静默的岩石。愿你鼻尖的羽翼颤抖。愿你的手掌把小路封闭并重新合拢树的帷幔。我的狐狸，当冰霜与风，这两颗星辰显现，我在你身上安放一切早已崩塌的希望，为了那凶残的孤独中得胜的蓟菊[1]。

223

生活，既不能也不愿收起它的船帆，生活，在力尽时被一阵阵风引回岸边的死水，却始终引人飞越迟钝，生命，越来越不丰满，越来越无耐心，请你为我指明我的位置，如果它存在，指明我在共同命运中正当的位置，在这共同命运中心，我的特殊性如此显眼却依然与之维持一体。

224

曾经当我躺倒在床，一个关于在睡眠深处暂时死亡

---

1 蓟菊：一种多年生带刺菊类开花植物。

的念头令我安心，今天我为了几小时的生存睡去。

225

孩子并不透过可靠的角度而是通过简化的角度去看待成人。这便是他们之间为何不可分离的秘密。

226

一种带来约束的判断并非始终牢固。

227

人有能力去做那些他无力设想之事。他的头颅划破荒诞之银河。

228

殉难者们在为谁奋斗？高贵存在于远航的义务中。典范性生灵的质料是蒸汽与风。

229

黑色蕴含着充满活力的不可能之物。它的精神田地是一切出人意料之事、一切情绪极点的中心。它的魅力护送着诗人并为行动者的出现做出准备。

230

八月天空的一切美德，焦虑——我们这位知心密友的一切美德，都在那流星金色的嗓音中。

231

在受刑前几天，罗杰·绍东曾对我说："在这片大地上，我们偶尔在它上面，许久在它下面。时代的秩序坚不可摧。正是这一点，在内心深处，让我平静，尽管生存的喜悦把我震撼，仿佛一阵惊雷……"

232

例外不会让它的凶手晕眩或同情。这类人，哎！拥有一双杀戮所需的眼睛。

233

恶最乐于叮咬那些从未得到警示的标靶，于是它方能不慌不忙地与之接近，留心这一点但无须为此不安。你从人类身上习得之物——他们前后不一的改变，他们不可救药的性情，他们哗众取宠的癖好，他们小丑般的主观性——凡此种种必然促使你，一旦行动完成，就不要在与你关联之地太久停留。

234

在那如贝壳肌体般流动不定的幸福门前的眼睑，那盛怒的眼珠无法将其倾覆的眼睑，眼睑，多么自足！

235

焦虑：骨骼与心，城市与森林，污物与魔法，正直的荒野，虚幻地战败，获取胜利，缄默，话语的情人，一切男性的妻子，全部，以及**人类**[1]。

236

“我的身躯曾比大地更加宽广，而我只认识它极小的

---

1 人类（Homme）：原文首字母大写，特指所有人。

一隅。我迎接对至福不可胜数的许诺，在我的灵魂深处，我恳求你独为我们守护你的姓名。”

237

在我们身处的黑暗中，没有一个位置属于**美**[1]。一切位置都属于**美**。

---

1 美（Beauté）：原文首字母大写，特指统摄一切的、终极的美。

橡木玫瑰

组成你姓名的一笔一画[1]，哦，**美**[2]，在酷刑的荣誉名单上，迎娶阳光一平如砥的简朴，身属那拦阻天空的宏伟语句，并与这样的人结为一体，他顽强地骗过自身的命运，借助其不可遏制的对立物：希望。

1 一笔一画（chacune des lettres）：直译为“每一个字母”，在此特指组成“美”（Beauté）一词的六个西文字母。根据汉字的构成和书写习惯意译为“一笔一画”。

2 同第173页注1。

磊落的对手

在一片池塘冰面上

我爱你，
埋藏好战种子的冬天。
现在你的形象闪耀
在它的心已俯身之处。

囚徒的铅笔画

一个爱神[1]他的嘴是一束薄雾，
开放又消隐。
一个猎人将把他追逐，一个哨兵会把他牢记，
他们两人将相互仇恨，然后他们三者将互相咒骂。
屋外地冻天寒，叶片从树间穿过。

---

1 爱神（amour）：本义为“爱”，此处特指铅笔画中丘比特式的小爱神形象。

一只鸟……

一只鸟在一根电线上歌唱
这简单的生活，开满大地的花朵。
我们的地狱也为此喜悦。

然后风开始忍受痛苦
群星无所顾忌。

哦，我们何其疯狂，去历经
那么多深沉的宿命！

正当的命令
有时缺乏人性

那分担着他们回忆的事物，
孤独将其夺回，旋即令其沉默。
那轻触他们的青草因他们的忠诚而绽放花朵。

你曾说什么？你对我说起一种如此遥远的爱
以致它重返你的童年。
多少计谋正被施行在记忆中！

在一扇百叶窗棂上

脸庞，白色的热度，
过路的姐妹，说话的姐妹，
美妙的坚持，
脸庞，白色的热度。

孚日的草庐

1939

美人，我笔直的伴侣，通过如此吝啬的道路，
途经灯盏与闭合的勇气，
愿我把自己冻结而你会是我十二月的妻子。
我未来的生命，那是你安睡时的容颜。

莱托[1]

在那遍布麻木野草的小路上，儿时我们曾为夜色已贸然消逝而震惊，如今胡蜂不再飞向荆棘，群鸟不再飞向枝头。大气为上午的宾客们打开了它汹涌的无垠宽广。那正是羽翼的长丝，尖叫的诱惑，光与透明间的飞舞。莱托在它的石块之琴上情绪激昂。旺图山[2]，映照雄鹰的镜子，目力可及。

在那遍布麻木野草的小路上，一个失落年代的幻想曾笑对我们年轻的泪水。

---

1 莱托：法国南部普罗旺斯地区的一座小城，在夏尔家乡附近。

2 旺图山：位于法国南部普罗旺斯地区的一座山峰，在夏尔家乡附近。

半影

我曾身处这片森林的一隅，那里太阳无从接近，但夜与星光穿入。此地能拥有存在的许可，只因各国的核查过去曾将其忽略。被遗弃的地权[1]为我标明了他们的轻蔑。惩罚的烦扰已从我身上抽离。在这里，对一种力量的回忆曾抚摸着草木乡土气息的远行。我已统治着自己而不依附任何教义，具备着一种安详的激烈。我对万物一视同仁，它们的秘密留存于一翼之内。对于大多数人，本质之物从未诞生，而占有之人无法将其交换而不损害自己。无人愿意失去他以最强烈的痛苦所征服之物！否则这就应该是青春与恩赐，源泉与三角洲就应该具备同

---

1 地权（servitude）：法律术语，特指一种为了方便使用自己拥有的土地而对他人土地加以使用的权利，例如A拥有一片临街的土地，隔断了B拥有的地块与街道之间的直接联系，则B有权在A的土地上修路。

样的纯洁。

我曾身处这片森林的一隅，那里太阳无从接近，但夜与星光穿入，为了那些无法平息的敌意。

为何你曾离去[1]？

雪，孩童的任性，唯在冬天才会变成星辰的太阳，在我石砌黑牢的门槛上，请你们来此隐蔽。在奥朗[2]的山坡上，我那些善于纵火的子孙，我那些被人们杀害而未被合上双眼的后裔，他们因你们的力量而壮大。

1 此处原文为拉丁文（“Cur Secessisti ?”），是刻在奥朗古城堡中一块墓碑上的铭文。

2 奥朗：法国南部的一座小城，抵抗运动期间夏尔的游击队曾在其附近活跃。

这曾经承载着我们的烟……

这曾经承载着我们的烟是那拨乱石块的拐杖与开启天空的云彩的姐妹。它未曾对我们轻蔑，按我们的本相把我们接受，我们这些由不安与希望养育的细流，相伴紧贴下颚的枪栓与目光中的远山。

耐心

磨坊

一阵从屋顶逸出的长久噪音；
一群始终洁白的飞燕；
跳跃的种子，碾碎万物的流水；
还有那爱情冒险其中的围场，
闪光并放慢脚步。

流浪者

流浪者，在你们柔软的褴褛衣衫下，
两颗遭人冷眼的星球
与他们善于叙事的双腿交错，
为牢房的康健干杯。

数量

他们讲述着那些残留眼角的词语；
他们追随着一条居所已对其关闭的道路；
他们有时点亮一盏灯，灯光令他们流泪；
他们从未被计数，他们实在太多！
他们是书籍的等价物而书钥匙早已丢失。

助手

那些必须维系在大地上的人
为了令美收获满足，
无论对此熟悉或无知，
恰如一阵风暴，
他们彼此在等待什么？
一片骤然而至的云把他们追捕。
他们曾与一只海鸥
生存于同一瞬间这便足矣。

还给他们……

还给他们那些在他们身上不再现身的事物，

他们将重新看见丰收的谷粒在麦穗中包藏并在麦秆上摇曳。

教会他们，从坠落到起飞，他们面容的十二个月份，

他们将珍惜他们心灵的空白直到下一种欲望诞生；

因为绝无一物葬身海底或沉迷灰烬；

而谁若会看出大地终将结满果实，

没有挫败能让他动摇，即使他已失去一切。

说出……

说出那火焰犹豫着是否说出的事物
空中的阳光，勇敢的明亮，
并因为已把它对所有人说出而死。

粉碎诗篇

（1945—1947）

概述

在自己前方若无未知究竟如何生活？

今日之人想让诗篇复刻他们由如此之少的思虑、如此之少的空间构造并被偏执烧焦的人生。

因为他们再也无法以至高的力度自由展开行动，在这生怕被其同类摧毁的致命忧心中，因为他们了无生气的财产正把他们抑制并束缚，今日之人，衰弱的天性，尽管保持存活，丧失一切，直至他们姓名的粉末。

诞生于对责任的呼唤与对滞留的焦虑，诗篇，从它布满泥浆与星辰的矿井中升起，将近乎沉静地见证，没有任何已属于它的事物真正存在于别处，在这个由对立物组成的反叛而孤独的世界中。

三姐妹[1]

我身着蓝色灯塔般长裙的爱人，
我亲吻你容颜的高烧
那里躺卧着正在悄然享受[2]的光芒。

我爱着并呜咽着。我活着[3]
而你的心就是这颗
献给得胜时光的**晨星**[4]

---

1 此处特指罗马神话中的帕尔开（Parcæ）三女神，亦即命运三女神，由长及幼分别是诺娜（Nona，负责纺织生命之线）、得克玛（Decima，负责确定生命之线上的波折）和摩耳塔（Morta，负责将生命之线剪断）。

2 享受（jouir）：在此也有“达到性高潮”之意。

3 活着（vivant）：既有“活的、有生命的”之意，也有“生机勃勃、充满活力”之意。

4 晨星（Etoile du Matin）：原文首字母大写，在此代指太阳。

在打断**星宿**[1]间的争斗前放射红霞。

在你之外，恐怕我的身体会变作
厌恶海风的船帆。

一

在中生代[2]的骨灰瓮中
尚未出生的婴儿曾由白垩构成。
四季分叉的运行
曾用青草庇护未知。

可切分的认知
用一场场骤雨逼迫春天。
一缕故土的芬芳
延寿现身的花朵。

---

1 星宿（Constellations）：原文首字母大写，以示强调。

2 中生代：介于古生代与新生代之间的地质时代之一，可分为三叠纪、侏罗纪和白垩纪。

人们所败坏的交流，
沉积的树皮或冰霜；
大气在授予，血液在激发；
目光造就亲吻的奥秘。

把生命带给敞开的道路，
旋风早已来到膝头；
还有这冲动，泪水之床
仅用一次脉动就被它填满。

二

二姐呼喊并逃离
周围的蜜蜂和朱红的椴花。
她是永不停息的风之一昼，
战斗用的蓝色骰子，哨兵微笑
当她的诗琴高喊："我想要的，将成为现实。"

这是静默不语的时刻，
是成为未来所觊觎的
高塔的时刻。

追寻自我的猎人逃离他脆弱的居所：
他的猎物把他跟随，不再心怀畏惧。

他们的亮度是如此高远，他们的康健是如此簇新，
这两位在远去时一无所示之人
没有感到姐妹们重新把他们领回身边
用一根灰烬的长口枷走向白色的森林。

三

这个你肩头的孩子
是你的好运与你的重负。
大地中兰花燃烧，
不要让他因你而疲劳。

请你保持为花朵和边界，
保持为吗哪[1]与游蛇[2]；

---

1 吗哪：古代以色列人离开埃及后在旷野中漂泊时上帝赐予他们的神奇食物。参见《旧约·出埃及记》第十六章。

2 根据《圣经》中记载，魔鬼化身游蛇诱惑夏娃偷食智慧之果，夏娃又将其拿给亚当食用，最终导致他们被上帝逐出伊甸园，并因此开始了人间的生活。参见《旧约·创世记》第三章。

那幻想正在累积之物
即将舍弃庇护之所。

独一无二的眼睛
与吐露真相的话语正在死去。
那潜入镜中的伤口
是两间陋室的主人。

粗暴的肩膀微张；
缄默中火山显现。
大地上橄榄树闪耀，
一切在途中消隐。

棋逢对手[1]

我醉心于这原野柔情的一隅，醉心于它孤独的扶手，在其身侧暴雨温顺地得到消解，在其桅顶一张消失的容颜不时闪耀并把我重获。从我尽力忆及的遥远往事中，我认出自己曾俯身观察父亲杂乱花园中的植物，专注于草汁木液，形形色色亲吻双目，而夜半的风比人类笨拙的手更善于把它们浇灌。这一回顾之魅力未被任何际遇遮蔽。正午的法庭，我在警戒。消沉与信任，背叛与勇气，我享受着将它们一同感悟的特权，我未曾扣留一人，除非一次**相遇**[2]迸发街角。

在一条遍布薰衣草与葡萄酒的路上，我们曾在那喉

---

1 本诗最初作于1937年，初版收入1938年面世的诗集《在外夜被统治》，战后夏尔对初版进行了大幅修改，并将其并入《粉碎诗篇》。

2 相遇（Rencontre）：原文首字母大写，以示强调。

生荆棘的尘土童稚的背景中并排行走，各自知晓被对方所爱。不久你在你坚贞卧榻的薄雾后亲吻的绝非一个满头笑柄的男子。现在你浑身赤裸、万里挑一，只在今天，当你跨过一首粗糙颂歌的终曲。永存的空间是否正是这个绝对而辉煌的假期，孱弱的转变？然而当我预言此事时我确认你活着；田埂闪耀在你的善与我的恶之间。热力将与寂静一同归来当我把你托起，你这**已无生气的人**[1]。

---

1 已无生气的人（Inanimée）：原文首字母大写，此处代指上文中夏尔曾经爱过的、也许已经在现实生活中消失但借助诗歌在夏尔心中复活的女性。

多内巴赫·穆勒湖[1]

1939 年冬

起雾的十一月，在树下听见那最后一条小径上的钟声跨过黄昏然后消失。

晚风遥远的心愿隔开对枷锁的回归与正在消失的缺席[2]。

温和走兽与善良少女的季节，你们掌握着与我全然相反的能力；你们拥有我姓名的眼睛，这个人们要求我忘却的姓名。

---

1 多内巴赫·穆勒湖：位于法国北部下莱茵省斯特吕附近，1939年法国进行全面战争动员后夏尔曾作为炮兵在附近驻扎。

2 正在消失的缺席（l'absence qui passe）：直译为“正在消失的缺席”。夏尔在此进行了句法上的缩合，诗歌、自由、美等事物本身正在消失，而这些事物如今在夏尔面前已经缺席。

一个被爱太深的世界的丧钟，我听见凶兽正踏过一片没有笑声的土地。我朱红的姐妹满身汗水。我愤怒的姐妹呼唤迎敌。

湖面的月光扎根于沙滩，在那里夏季温和的植物火焰降入水波，把月光引向一片布满深深灰烬的河床。

被火炮标定，
——生存，无尽的界限——
林中居所已被点燃：
雷鸣，溪水，磨坊。

低声的颂歌

希腊[1]，那是被一片曾在曙光中奔向认知的清风与智慧之磁力的绝妙大海铺开的滨海地带，涌动着曾经看似永无止境的力量不变的生育力；那是在更远处，由奇异群山组成的世界地图：一连串火山向着英雄们的法术，向着女神们蜿蜒的柔情微笑，指引着人类新婚的飞翔，他终于可以自由地认知自我并如飞鸟般死去；那是对于一切事物的应答，甚至包括分娩的损耗，甚至包括迷宫的迂回。但这由钻石、阳光与白雪造就的厚重土壤，这在它那战胜死亡却因纯洁而终有一死的人民脚下不腐的

1 希腊（Hellade）：此处使用了“希腊”的古称。本诗作于夏尔1946年于巴黎参观一个关于希腊抵抗运动的展览之后。希腊在二战末期轴心国军队撤出后出现权力真空，后爆发内战，最终英美支持的右派政府获胜，希腊共产党领导的左派希腊民主军战败。希腊民主军成员以二战时期反纳粹游击队员为主，故夏尔对他们充满同情。

大地，一个外来的原因[1]试图惩罚它的完美，认为能用它的沙坝掩盖口吃。

哦，**希腊**[2]，三次殉难[3]的镜面与身躯，把你想象就是令你复原。你的医师在你的人民之中，而你的康泰在你的律法之内。你不可计数的鲜血，我呼唤着，那能令自由摆脱病态的唯一生者，他为我打破口腔，他用沉默，我用叫喊。

1 希腊在二战时期被轴心国部队侵占，内战中英美势力又乘机介入。

2 希腊（Grèce）：此处使用了“希腊”的通称。

3 1941年希腊被轴心国部队占领，整个二战期间希腊的抵抗者与游击队遭到轴心国部队残酷镇压，战后由反纳粹游击队员为主成立的希腊民主军又遭到英美支持的右派政府军队围剿，最终失败，故曰“三次受难”。

我栖居在一种痛苦中

不要委托这些与秋天同源的温柔去支配你的心，它们从秋日借得平静的步态与和蔼的垂暮。眼睛过早地眯起。苦难只识得只言片语。宁愿你毫无负担地睡下：你将梦见明天，而你的床铺对于你将更加轻盈。你将梦见你的家不再有窗玻璃。你急于把自己与风结合，与那用一夜跑遍一年的风结合为一。其他人将歌唱悦耳的混合，歌唱那只会体现沙漏巫术的躯体。而你将斥责那不断重复的感谢。之后，人们将把你视为某个崩解的巨人，某位不可能之物的领主。

然而。

你仅仅增加了你夜的重量。你已重拾高墙中的垂钓，重拾无夏的酷暑。你狂怒地对待你那身陷慌乱关系的爱人。盘算着一座你永远看不到建起的完美居所。何时才是深渊的收获季？然而你已使雄狮之眼爆裂。你以为看见黑色薰衣草上方美在穿行……

是谁，不等把你说服，曾再一次，把你向高处略略升起？

这里没有纯洁的座席。

铃兰[1]

我曾捍卫出双入对者的命运[2]。我曾在他们晦暗的忠诚里将其追寻。激流的晚年[3]曾为我阅读它感激的页面。一场新生的暴雨已开始显露。大地之光曾把我轻触。当我在窗玻璃上回想伸张正义者的童年（宽恕已经逝去），在忍耐尽头我曾呜咽。

1 在法国铃兰是幸福的象征，每年5月1日朋友或恋人之间互相赠送铃兰以此祝愿对方平安幸福。在本诗中诗人以铃兰作为第一人称讲述铃兰的一生。

2 命运（fortune）：既可指“命运”，也可指“财富”。

3 激流的晚年（la vieillesse du torrent）：直译为“激流的晚年”，指春季激流的枯水期。

门槛

曾经当人类的水坝遭到撼动，被弃决神性导致的巨大断层排空，身居远地的词语，不愿消失的词语，曾试图抵抗这越界的推力。在那里它们意义的王朝得以确定。

我曾奔跑直至这个洪灾之夜的出口。直立于发颤的清晨中，我的腰带饱含四季，我在等你们，哦，我即将到来的友伴。我已在那地平线的黑影后把你们猜中。我的炉膛没有枯竭对你们居所的祝愿。我的柏木手杖为你们全心欢笑。

怪人

他在前行时未曾移动身影，表露出一种迅速耗尽的果敢，尽管他的脚步曾如此平凡。在黑夜降临的最初时刻，那些错过他们的床榻并且直到翌日之前都将其遗忘的人，也许会被相似性勾引。他们力求从某些太过智慧、太过灼热的石块中挣脱，想要解除好大喜功的水晶的控制，它从日常生活沉闷的举措渗出，在那些它所选定的地点，伴随对裹尸布的触摸。这位行者却并非如此，极低处月景的面纱在他行进间似乎未曾把他束缚。愤怒的冰霜擦伤他的面额却并未显得把他针对。一条延伸的大路，一条偏离的小道吻合于正在哼唱的思想蕴藏的冲动。借助洁净得不可思议的冬夜，因为它对于天地间未曾将其深入的全体居民而言是如此寻常，最后的虚伪演员荡然无存。此前他已丧失与那利于发问的泉水古老流量的一切联系，甚至包括那些幸福的肉体，他曾喜爱在身旁赋予它们活力，当他依然能够为他的快感分配一个顶点，为他的天赋分配一场雪。今天他与已成为一种反复锻炼之物的悲伤决裂，与惯例的恐怖决裂。大地曾歪曲他的确信，大地，通过它略显不足的速度，借助它橘色的想象力，它被凶兽之行撕裂的损耗。无人需要把他忘记，因为自利未曾予其协助，未曾把他在别人的目光中勾勒完整。在他房间的白石灰顶棚上，几只小鸟曾经飞过，但它们的闪现已然融入他的睡眠。

月景的面纱现已在极高处，把它芳香的色彩铺展在我提及之人上方。他摆脱寒气并被光芒照亮，彻底背离那并不存在的春天。

火药

新的真诚在分娩的鲜血中挣扎。狄安娜[1]已被改换容颜。在太阳方舟展开航行之处，宽容的新恶也四处移居。幸福已被更改。源泉竟在下游。在极高处，恋人之口歌唱。

1 狄安娜：罗马神话中的月亮女神与狩猎女神。

痛楚，轰鸣，寂静

卡拉冯磨坊[1]。在两年间，一座鸣蝉的农庄，一座雨燕的城堡。这里一切都曾谈论着激流，时而通过欢笑，时而通过青春之拳。今天，垂暮的拒服劳役者在它的石块间衰老，其中大多数已死于冰冻、孤独与酷热。轮到他们时，种种征兆已在花朵的寂静中停息。

罗杰·贝尔纳[2]：凶兽的地平线曾经太靠近你的土地。

请你不要在山中求索；不过，在几公里之外，奥珀代特[3]峡谷中，如果你遇见小学生脸上的惊雷，请你走向它，哦，请你走向它并向它微笑，因为它想必感到饥饿，饥饿于友情。

---

1 抵抗运动期间，夏尔曾在卡拉冯磨坊附近藏身。参见《修普诺斯散记》第213条。

2 罗杰·贝尔纳：夏尔在抵抗运动期间的战友之一，诗人，1944年遇害。参见《修普诺斯散记》第138条、第146条。

3 奥珀代特：法国普罗旺斯地区的一个村庄。

雅克玛与茱莉娅[1]

昔日青草，当大地上的条条道路在其隐没中相互调和，曾温柔地挺立它的茎秆并点亮它的光彩。白昼的骑士从其爱人的眼波中诞生，他们心上人的城堡拥有与深渊承载的无常暴雨同样数目的窗户。

昔日青草曾知晓千种互不妨碍的铭言。它曾是被眼泪浸湿的容颜之守卫。它曾对动物施加咒语，对过失予以庇护。它的幅员曾可比肩那战胜时代之恐惧并令痛苦降低的天空。

昔日青草曾善待疯人并敌视屠夫。它嫁与跨向永恒的门槛。它发明的游戏曾拥有它们笑容的双翼（宽

1 根据夏尔自述，“雅克玛”代指他十一岁时过世的父亲埃米尔·夏尔，“茱莉娅”代指他父亲婚后一年便去世的第一任妻子、夏尔母亲的姐姐。

容而短暂的游戏）。它未曾冷对任何在迷途时希望永远迷途的人。

昔日青草曾证明夜的价值低于其潜能，证明泉水没有随意搅乱自己的航程，跪倒的种子已有一半落入鸟的嘴中。昔日，大地与天空曾互相憎恨，但大地与天空长存。

无法平息的干旱消逝。人类面对晨曦是一个外人。然而追随那尚无法被想象的生活，存在着轻颤不已的意志，存在着即将相互对峙的呢喃，还有那健康而平安的孩子正在发现世界。

博城[1]通报

你的口述无始无终。仅仅被缺席、被扯下的窗板、被纯粹的无所事事清点[2]。

在宿命旁并置对宿命的抵抗。你将审理不同寻常的高度。

美诞生于对话，诞生于寂静的终止与复生。这块从其往昔中朝你呼唤的石头是自由的。这一点从它嘴部的线条上流露。

---

1 博城（Les Baux-de-Provence）：法国普罗旺斯地区的一个村庄，完整保存了一片古代市镇遗迹。本诗即写于夏尔在对该地区的一次游历之后。

2 清点（soucheter）：林业用语，意为清点被砍掉树干的树桩来计算砍伐树木的总量，意译为“清点”。

你的心灵力求的寿期存在于此地，外在于你。

是与否，随着时光流逝，在历史的执念中相互和解。夜晚与热浪、天空与绿意令自身不可得见，为了更好地被人体验。

充满前景的废墟，在你，这个完满之人到来前支离破碎的废墟，从它们的碎块走向你的所爱。于是那围拢王国的玫瑰被慨然允诺并从你易怒的笨拙中回收。

太阳逐渐的现身正在为悲剧解渴。啊！不要害怕推翻你的青春时代。

鲨鱼和海鸥

我终于看见大海身处它的三重和谐，大海用它的弯刀[1]斩断由荒诞的痛苦构筑的王朝，野性的巨型鸟笼，大海像一朵牵牛花那样天真。

当我说：*我曾掀翻律法，我曾逾越道德，我曾收束人心*，这不是为了给自己理由去面对这虚无之秤，它的谣言将其棕榈叶在我的确信之外铺展。然而，没有任何已然目睹我至今为止如何生活与行动的事物不是我身边的见证。我的肩膀很可能打盹，我的青春就会赶来。唯有从这里才应当汲取直接而有效的财富。因此，在一年中存在着一个纯净的日子，一个在大海的泡沫中挖掘它绝妙长廊的日子，一个为了给正午加冕而升至眼前的日子。昨天，高贵已经荒废，细枝疏远

1 弯刀（croissant）：此处指倒映在海中的新月。

了它的新芽。鲨鱼和海鸥曾互不沟通。

哦，你啊，这条磨工海岸[1]上的彩虹，请你把船舶向它的希望靠拢。但愿一切假定的目标都是一种新的纯真，一种狂热进取，为了那些在清晨的沉重中步履蹒跚的人。

---

1 磨工海岸（rivage polisseur）：一般来说大海是一位磨工，将海岸打磨，在此夏尔倒转了这一传统意象，将海岸视为磨工。

玛尔特

玛尔特这古旧的墙壁无法把你独占，映照我孤独王国的喷泉，为何我从未能把你忘记，既然我无须把你记起：你是这当下不断累积。我们相互结合而无须彼此靠近，无须为对方预估未来，有如两束虞美人在爱意中造就一朵巨大的银莲。

我将不会走近你的心以此限制它的记忆。我将不会留住你的嘴以此阻拦它向天空的蔚蓝与离去的渴望微启。我希望对于你是自由与生命之风，吹过跨向永恒的门槛，在夜色无迹可寻之前。

君王[1]

我们总是在一个令人赞叹的黄昏中开始我们的生活。所有那些之后将帮助我们从沮丧中脱身的事物在我们最初的步履四周汇聚。

我童年时人们的举止曾呈现一种朝尘世的仁慈展露的天空之微笑。人们在那里曾把罪恶看作一种傍晚的疏失。一颗流星划过曾令人感动。我察觉到曾经当我是一个孩子，迅速爱上又旋即受伤，拥有过许多好运。我曾在一条遍布游蛇之圈与蝴蝶之舞的河流镜面上行走。我

1 本诗最初的标题为《萨德我们的受虐者》。其最初描述的对象是萨德侯爵，夏尔教母的祖先曾做过萨德的公证人，夏尔也因此阅读了许多萨德的笔记与手稿，并对其赞赏有加，将其视为自己的一位精神祖先。参见《修普诺斯散记》第210条。但夏尔之后将这首诗献给索尔格河畔那些他童年时曾给予他教导的渔夫走卒，并将题目改为《君王》，但诗中依然遍布萨德的痕迹。

曾在果园中嬉戏，它那壮硕的晚年[1]献出果实。我曾在芦苇间藏身，由那些壮如橡树、敏如飞鸟的生灵们监护。

这个纯净的世界死去了，尸骨无存。只剩下烧焦的树墩、游移的地面、丑陋的殴斗，以及由这位安静的**朋友**[2]守护的一口小井中的蓝色水波。

相知早已在我们之间增长。这不再是[3]，我曾习惯于这样说。这不是[4]，他修正道。不和不再互不相交。他曾给予我，面对微笑的游蛇之口，我那无须受苦就能深入其中的不可能之物。这位**朋友**来自何处？也许，他来自阳光中最不阴郁、最不贫瘠的部分。他那在我看来无比强大的能量爆发成坚韧的蕨类植物[5]，是我的希望亟须的

1 晚年（viellesse）：此处指花园中树龄古老的植物。

2 朋友（Ami）：原文首字母大写，按照夏尔自述，此处指他童年时的一位忘年交让—潘卡斯·努吉耶（Jean-Pancrace Nouguier），因擅于维修猎枪而得一外号“军械师”，是当地的一名修枝工人。在夏尔的童年生活中扮演过重要的引路人角色，夏尔对这位友人的怀念贯穿一生，曾出现在他的各类作品中。

3 这不再是（Ceci n’est plus）：直译为“这不再是”，在法语中暗示了一个曾经存在而现已消失的状态，包含着一种对于过去的缅怀和失落。

4 这不是（Ceci n’est pas）：直译为“这不是”，在法语中表达了一种对于当下处境的直面。

5 蕨类植物的新叶会由一个紧密卷曲的幼叶卷旋猛然展开而成，故夏尔使用了动词“éclater”（“爆发、炸裂”）。

水分。希望，事实上，只是一场生存之雪，是春回大地的亲和。一件成果积聚起来，勾画出我终有一日将去跑遍的残酷海岸。我**朋友**的心仿佛一把渔叉切入我的心，这颗在即将化为灰烬的征服中散开的君王之心，为了指明对于那些定居并屈服之人诱惑何其消沉。我们的密语未曾建造教堂；缄默曾护送我们所有的力量。

他曾教会我如何从词语之夜上空飞越，远离锚泊舰艇的笨拙。对我们而言，重要的不是冰川，而是那令其无休止地成为可能之物，是它孤独的相似性。我曾联结种种热烈的憎恨，曾助其获胜然后离开。（为了不被认出只需合上双眼。）我曾对各类事物吊销其制造的幻觉，以此保护它们不受我们侵害，并将其让与我们的份额留给它们。我曾看见在**我的**城市中永远也不会有属于我的女性。瀑布的狂乱，象征性地，偿清了我的善意。

就这样我回溯了孤独统治的时代直到那**紫色之人**[1]随

---

1 紫色之人：此处指萨德。紫色是古代炼金术中制作点金石的最终阶段（黑白黄紫）。同时，紫色“violet”一词在音律上也可使人联想到“violence”（暴力）及“viol”（强奸）。

后的居所。但他在那里仅仅拥有他一间间牢房[1]的阴郁境况和他作为被迫害者的无声体验，而我们，我们只有他越狱者的体征。

1 萨德曾多次由于其出格言行及著作遭到关押，其中包括巴士底狱，并数次逃脱，最终死于精神病院。

祝蛇健康

一

我歌唱新生儿脸上的热烈，绝望的热烈。

二

轮到面包去掰开人类，去成为黎明之美。

三

那信任向日葵的人将不会在家中冥思。一切爱的思想都将成为他的思想。

四

在燕子的环飞中一场暴雨在探听消息，一座花园落成。

五

总会有一滴水比太阳延续更久，但太阳的上升[1]不可撼动。

六

去生产那认知试图保密之物，四通八达的认知。

七

那为了不打乱任何东西而抵达人世之物不值得注意和容忍。

八

人的缺席将要延续多久，在创造的中心奄奄一息，

1 上升（ascendant）：不仅意为太阳在空间中的移动，同时也是星相学名词，意为“上升星座”，是一个人出生时东方地平线上正在升起的星座，对人一生的命运有决定性的内在影响力。所以，在此意为一种内在的影响力、支配力。

因为创造已把他撵走？

九

每一座房屋都曾是一个季节。城市也曾如此往复。所有的居民却只知冬季，不顾他们回暖的身躯，不顾白昼未曾远去。

十

你在本质中始终是诗人，始终站在你爱意的顶点，始终渴望真理与正义。你无法在意识中一直保持如此，这也许是一种必然的缺憾。

十一

你将用不存在的灵魂去打造一个比它更好的人。

十二

请你看看你的故土沐浴其中的大胆形象，这已逃离你许久的乐趣。

十三

太多人等待着暗礁把他们托起，等待着目标把他们跨越，以此定义自我。

十四

请你感谢那不为你的悔恨操心之人。你是他的棋逢对手[1]。

十五

眼泪蔑视它们的知己。

十六

在那黄沙正在把命运征服之处依然存在着一种可堪测量的深度。

十七

我的爱人，我是否出生无足轻重：你在我消失之处

1 棋逢对手（égal）：直译为“具有同等力量的人”。

变得引人注目。

十八

要能从树木的心脏走向果实的狂喜，而未欺骗飞鸟。

十九

那穿过快乐去把你迎接的事物只是回忆唯利是图的酬谢。你已选定的现身不传达永别。

二十

请你只为爱躬身。如果你死去，你依然爱着。

二十一

你浸泡其中的黑暗受到你太阳般的上升[1]所具备的淫荡支配。

1　参见第228页注1。

二十二

请你忽视那些人，在他们眼中人类仅仅被视为大地饱受折磨的背脊上的某个小小色阶。但愿他们能滔滔不绝地说出他们长长的谏言。火钳的黑墨与云彩的红斑实为一体。

二十三

哄骗羔羊，利用其羊毛投资，这样做愧为诗人。

二十四

如果我们栖居于闪电，它就是永恒之心。

二十五

双眼，自以为发明了亮光，已然把风唤醒，我能为你们做什么？我是遗忘。

二十六

诗歌是所有明净的流水中在它那些石桥倒影下滞留时间最短的一条。

诗歌，重新得到定性的人类内在的未来生活。

二十七

一朵为了雨落而生的玫瑰。在不可胜数的年月尽头，这是你的心愿。

芦苇时代

对我的神秘感到厌倦的世界，在一张容颜的卧室中，我的夜晚是否被预见？

这片为舰船而设的大地，被癌症统治，被酷刑肢解，这种冒犯即将停歇。

成人膝头的儿童世界，成串的创伤，酸楚的荆棘之地，连带这么多充满机会的生灵，我已无法把这个世界变为乌有。我究竟可以要求什么！

灯芯绒之歌

白昼曾说："所有感到悲痛的事物都陪伴着我，依附于我，希望自己幸福。见证我喜剧的人们，请抓住我快乐的脚步。我畏惧正午及其应得的羽箭。为了在它眼中占据上风，无须寻找任何恩福。如果我的消失奏响你们的释放，夏季冰凉的流水只会更好地把我迎入。"

夜晚曾说："那些冒犯我的往往早夭。怎能不对他们钟情？承载我全部瞬间的草原，它们不能把我蹂躏。它们的旅程就是我的旅程，而我依然保持晦隐。"

曾经在二者间有一种恶将它们撕裂。风曾从一方吹向另一方；风或无有，质地粗硬的面包和山峦的崩塌，或无有。

八月十三的流星

【八月十三的流星】

昔日在你向我现身的瞬间，我的心曾拥有整片天空以此将其照亮。那时我的诗篇时值正午。我知晓焦虑已经沉眠。

【新星】

最初的光芒在酷刑的诅咒与绝美的爱意之间踟蹰。

哲学中的乐观主义对于我们已不再足够。

峭壁的光芒庇护着一棵巨树。我们走向它的能见度。

目光间的婚约始终在变得更加广阔。构思中的悲剧甚至将享受我们的限度。

危险曾剥夺我们所有的忧郁。我们曾经交谈而不互相注目。时光曾令我们联合。死亡曾把我们回避。

夜之云雀，满天星辰[1]，你们围绕荒弃的源泉盘旋，请你们成为沉睡中前额的进展。

我曾从我那由山楂花镶边的卧榻中跳起。双足赤裸，我对孩子们开口言说。

【月光改变着花园】

粪便的财富好似一盏灯把我押送，我将把它引向何种歧途？

暂时的颂歌！矛盾的颂歌！

---

1 满天星辰（alouettes de la nuit, étoiles）：直译为“夜之云雀、满天星辰”，实际上，“夜之云雀”是对满天星辰的比喻，意为满天星辰有如夜之云雀。

疯狂的，还有，面对黑夜，顺从的光。

雷电褴褛中暴雨般的自由，在空无之王座上，在人类的小手中。

请你不要用明天麻醉自己。你注视着跨过伤疤并侵蚀窗口的寒冬，并且，在死亡的门廊上，注视无从探究的折磨。

那些在羊毛中安睡的人，那些在寒气中奔走的人，那些出面调解的人，那些在别无选择时没有去当绑匪的人，他们与流星——这雄鸡[1]之敌——协调一致。

虚幻地，我同时身处我的灵魂之中又游离其外，远远地面对玻璃又背对玻璃，仿佛分裂的虎耳草。我的贪

1 雄鸡：代表法国。在罗马帝国时代，高卢人（gallus）一词在拉丁语中有“雄鸡”之意，因此后世便有“高卢雄鸡”一称。夏尔对于战后法国的政治生态极度反感，他看到所有人无论左右都自诩为抵抗者，使这一精神遗产遭到滥用和玷污，而真正的抵抗者却一闪而过。因此以“流星”意象对此加以批判。

欲永无止境。除了生活再无一物萦绕我心。

流浪的火花在其燃成的大火中死去。

河岸边的女友。请你动用你的真理。那隐藏你爱意之金的青草将永远不会认识冰霜。

在这遍布灾祸的大地上，我赞叹对生命狂热的爱。

但愿我这对你造成谜语般不适的现身，这毫不留情的憎恨，能是你灵魂中的流星。

一阵飞鸟的歌无意间撞见清晨的枝杈。

诗琴

尘土[1]的诗琴没有界标，
增补我们的心。

---

1 尘土（poussières）：意为“尘土、粉末、细屑”，拉丁语词源为“pulvis”，与本章标题《粉碎诗篇》（*Le Poème pulvérisé*）中的“pulvérisé”（“粉碎”）一词同源，因此在这里也意味着粉碎诗篇本身。

叙事喷泉

(1947)

盛景

夏季曾在它偏爱的岩石上歌唱，当你对我显现，夏季曾在远离我们的地方歌唱，那时我们是沉默，是同情，是悲伤的自由，是比海更广阔的海，它那漫长的蓝色桨叶曾游乐在我们脚边。

夏季曾经歌唱而你的心在远处游荡。我曾亲吻你的勇气，领悟你的不安。波浪的绝对存在铺成的道路朝向这泡沫堆积的尖峰，那里交错着支撑我们家宅的双手所需的致命德行。我们未曾轻信。我们曾被关心。

年华已逝。暴雨停息。世界早已消失。感到你的心不再正确地把我领会曾令我疼痛。我曾爱着你。用我容颜的缺席与幸福之真空。我曾爱着你，化为一切，忠诚于你。

索尔格河

献给伊冯娜[1]的歌

川流太早出发，无人陪伴，一往无前，
给予我故土的孩童你的激情之容颜。

川流在闪电终止处开启我的家园，
以遗忘的步态碾平我的理性之石殿[2]。

川流，在你身中大地战栗，太阳焦虑。
愿穷人在深夜用你的丰收制成他的面点。

---

1 伊冯娜·赛尔沃斯（Yvonne Zervos，1905—1970）：法国艺术批评家，与其夫希腊艺术批评家克里斯蒂安·赛尔沃斯（Christian Zervos，1889—1970）1926 年在法国创办《艺术手册》杂志，与艺术界过从甚密，并将大量艺术家介绍给夏尔，被夏尔一生爱慕。

2 石殿（rocaille）：直译为“石堆、假山”，亦即布满岩石之地或由岩石堆叠之物，意译为“石殿”。

川流屡遭惩罚，川流无人照顾。

川流属于满手老茧的学徒，
没有风不在你的浪尖平复。

川流属于空荡的灵魂，褴褛的衣衫与满心疑虑，
属于那滔滔不绝的古老苦难，属于榆树和怜恤。

川流属于古怪之徒，狂热之徒，肢解牲畜之徒，
属于那抛下犁头的太阳为了与行骗者为伍。

川流属于自谦之人，川流属于初升的雾，
属于那灯火减轻环绕它帽檐的苦楚。

川流沉入梦幻，川流锈蚀钢筋，
在那里星辰拥有它们拒绝给予大海的身影。

川流属于种种传动能力及驶向重重水域的呼啸，

还有那啃噬葡萄藤并预告新酒的风暴。

川流拥有这因监狱而疯狂的世界中从未毁弃的心灵，
请你为我们保持暴烈并守护地平线上蜂群的友情。

你走得好，阿尔蒂尔·兰波[1]！

你走得好，阿尔蒂尔·兰波！你在十八年里抗拒友情，抗拒敌意，抗拒巴黎诗人的愚蠢，抗拒你那有些发疯的阿登家庭贫乏的蜂鸣，你做得好，把这一切抛向海风，掷在他们早熟的断头刀下。你早有理由放弃布满懒汉的林荫大道，蹩脚诗人的小咖啡馆，为了牲畜的地狱，为了狡黠者的生意与天真汉的问候。

这身体与灵魂的荒诞冲动，这正中靶心并将其炸裂的加农炮弹，是的，一个人的生命正在这里！人们不能，

1 阿尔蒂尔·兰波（Arthur Rimbaud，1854—1891）：法国诗人。出生于法国北部阿登地区的夏勒维尔。十六岁只身来到巴黎。其所有文学作品均完成于十九岁以前，之后彻底放弃写作，前往非洲经商。他是对夏尔影响最深的诗人之一，夏尔曾亲自编订兰波文稿并撰写序言，现已成为介绍兰波作品的经典论述。

在走出童年的时候，无限期地绞杀同类。如果火山难以改变位置，它的岩浆却跑遍世界的大虚空并为它带来在其伤口中歌唱的美德。

你走得好，阿尔蒂尔·兰波！我们是这样一些人，无须证据便会相信可能的幸福与你同在。

最初的瞬间

我们曾凝视愈发壮阔的水流从面前涌过。当她从母腹中赶出，一下便抹去了山峦。这并非一道被奉献于自身命运的激流而是一只不可言喻的野兽，我们则已化作这野兽的话语和实体。她在其想象力的万能之弓上令我们保持爱意。何种干预方能把我们约束？日常的平庸早已逃离，溅出的血亦已返归它的热度。被开放所接纳，被抛光至无迹，我们已是一场从未终结的胜利。

雨燕

雨燕张开过于宽大的翅膀，绕屋盘旋并啼鸣它的欢乐。心亦如斯。

它令雷电干涸。它在晴空播种。如果触及土地，它就被刺伤。

它的反衬是燕子。它痛恨亲昵。高塔的花饰又有何益?

它在最昏暗的洞中将歇。没有飞鸟比它更受拘束。

长明的夏季，它将穿过子夜的窗棂，疾飞直入黑暗。

没有眼睛能把它抓住。它啼鸣，这便是它全部的在场。一杆长枪将把它击落。心亦如斯。

小夜灯下的玛利亚[1]

乔治·德·拉图尔所作

我希望今天草木能是白色的，以此去踏过那些眼看你正在受苦的事实：我不想在你如此青春的手中看到死亡未曾涂抹灰浆的严酷造型。那些并不如我这般渴求你的外人，在由他们支配的日子，将脱下你的帆布衬衣，占据你的卧房。但他们离去时忘了淹灭夜灯而一点灯油通过火焰之刀在近乎不可能的解答之上泼洒。

---

1 《小夜灯下的玛利亚》是乔治·德·拉图尔的一幅名作，画中描绘了玛利亚深夜中坐在一张桌前沉思的景象，她凝视着桌上的一盏小夜灯，右手抚摸膝头的一具人头骨（亦即下文中“死亡未曾涂抹灰浆的严酷造型”）。此处的玛利亚，指抹大拉的玛利亚，《新约》中耶稣的女追随者。民间传说她曾是一名妓女（《新约》中无此记载），夏尔在诗中使用了这一意象。

致一种好斗的虔诚

明光圣母[1]你孤单地停留在你的岩石之上，与你的教堂不睦，对它的造反者友善，我们没有受你任何恩惠，除了这人世的目光。

曾几何时我痛恨于你。你毫无防护。你的双唇早已污秽。但今天我知道自己未免过分，因为那些亲吻过你的人早已弄脏了他们的讲台。

我们这些过客从未苛求在力竭前能够安歇。精力的

1 明光圣母（Notre-Dame de Lumières）：原文首字母大写，特指夏尔故乡沃克吕兹省山间的一尊明光圣母雕像，相传1661年曾有一道圣光治愈了当地一位身患重病的村民，故而得名。夏尔在抵抗运动期间曾多次从这尊圣像前经过，他曾激烈反对宗教，但在这尊几乎被人遗弃的雕像前产生了新的感悟，故有此作。

守护者，你未曾得到凸显，除了那曾给予你庇护的些许爱意。

你是那谎言闪耀的时刻，是油污的短棍，应受处罚的灯。我有足够火热的头颅去把你敲碎或与你牵手。你手无寸铁。

太多的无赖窥伺着你及你的惊恐。你除了串通别无选择。你怀着深重的憎恶去为他们建造，去为他们充当密探作为回报！

我打破了沉寂，既然所有人都已离去，而你除了留给自己一根松木已一无所有。啊！请你奔向前路，积聚友朋，在黑云下成为孩子的心。

世界在你到来之后已运行了如此之久，如今它只剩一罐骸骨，只剩一个残酷的誓愿。哦，消逝的**圣母**，为偶然性服务的人，光明通向那饥饿之人将其目睹之处。

1943

挖够了

挖够了，埋够了他的同伴。极恶之物正在每个人体内，在猎人身上，在他肋下。你在这里正是一把由时间提起的铁铲，请你重返我的所爱，他正在我身边哭泣，请你击碎我们，我恳求你，让我彻底死去。

忠贞

在城市的街巷中有我的爱。无论它在碎裂的时间中走向何方。它不再是我的爱，每个人都可以和它搭话。它不再记起；谁真正爱过它？

它在目光的愿景中寻找它的同类。它走遍的空间是我的忠诚。它描绘希望并轻率地将其拒绝。它一锤定音却并未实际参加。

我在它的深处生活，仿佛一条幸福的沉舟。它未曾察觉，我的孤独是它的宝藏。在其飞翔掠过的庄严的子午线中，我的自由掘入它。

在城市的街巷中有我的爱。无论它在碎裂的时间中走向何方。它不再是我的爱，每个人都可以和它搭话。它不再记起；谁真正爱过它，并依然远远地把它照亮为了它不至于倒下？

关于《愤怒与神秘》

勒内·夏尔

诗人，如人所知，混合着不足与过度，目标与往昔。这便是其诗篇无力偿债的根源。他身处这一诅咒之中，换言之，他承担着持久且不断再生的危难，当他双目圆睁地拒绝那些其他人紧闭两眼加以接受之物：这正是作为诗人的益处。他不知何处存在着心无忧虑的诗人，更不知何处存在着不含挑衅的诗篇。诗人通过一切孤独的阶梯走过某种集体的光荣，而他本人，无论如何，被排除在外。这便是精确感知与言说所需要的条件。当他终于天才地抵达炽热与耐久（埃斯库罗斯、老子、前苏格拉底哲人、圣女德肋撒、莎士比亚、圣茹斯特、兰波、荷尔德林、尼采、梵高、麦尔维尔），他便获得了众所周知的成果。他将高贵融入他的境况，当他在对其时代的人类病症加以诊断与疗救过程中感到犹疑之时，当他对在政治与社会迷宫中运用认知与判决的最佳方式有所保留之时。他必须接受一种风险：他的清醒可能被认为有害。诗人是那绝不服从既定计划之人的一员。他也许会为了这一特权或镣铐被要求付出无论何种代价。他必须知晓恶总是来自于比我们所设想更遥远之处，而且未必会在我们为其选定的街垒上灭亡。

《愤怒与神秘》，用时代流行的话说，是一部诗集。同时，它也是在那惨剧及不可避免的挫败（恰恰在此处诱惑重现）之波涛上，一次我们对云彩与飞鸟小小眷恋的言说。

1948

译后记

我与勒内·夏尔的初次相逢，是在2010年7月抵达巴黎不久之后的一个黄昏，我从巴黎高等师范学院乌尔姆街的单人宿舍（当时我正在参加一个高师的暑期培训）信步走向塞纳河边的旧书摊，漫无目的地在书摊前闲逛。一本小书,《愤怒与神秘》，映入我的眼帘，书名的词语组合让我感觉如此新颖而奇异，于是我随手翻开，看到它的第一章名为:《唯一幸存的》，而其中的第一句话是:“人逃离窒息。”那时我对勒内·夏尔一无所知，更不知道这本诗集作于何种状态，但仅仅这几个词，这一句话，已让我感到被它深深吸引。于是我买下了这本封面泛黄的小书，这是我七年留学生涯中购买的第一本法语书籍。

暑假过后，我便开始了在索邦大学文学院的硕士学业，研究对象是阿尔贝·加缪。在加缪的著作中，我发现他无数次提及勒内·夏尔，发现他们精神上的默契与文字间的呼应。我开始系统阅读夏尔的诗作，并被他强烈的诗歌火焰彻底打动。勒内·夏尔的诗作保持了超现实主义诗学强烈的词语内聚力，更展现出诗人朝向他人的开放与关照，在给予读者深沉的生存伦理关怀同时保持了绝对的美学质量。作为一位词语之夜乃至人性之夜的抵抗战士，他的这一系列实践与探索不正是中国新诗一直在寻找并期待的伟大素养吗？在勒内·夏尔身上，我看到了一条深邃而丰饶的道路，它将有助于我们重新理解诗歌的目的，以及诗人的意义。2012 年顺利通过硕士答辩之后，我对我的导师米歇尔·缪拉先生[1]说，“博士阶段，我希望研究勒内·夏尔。”缪拉先生说，“夏尔很难，而且你对加缪的理解已颇为深入，博士研究接着做下去将水到渠成，你真的这样决定吗？”我说，“是的，虽然夏尔的诗句我并不能完全把握，但我感到了一

1 米歇尔·缪拉（Michel Murat）：巴黎索邦大学及巴黎高等师范学院教授，超现实主义诗歌及法国诗歌形式史研究专家。

种宿命般的吸引，让我痴迷，我感到他是我一直在寻找的诗人典范，这是一个不可抗拒的、无法挽回的抉择。当然，我会继续我对加缪的探索。”“好，既然你有这样的热情，那就做吧！夏尔，是一位伟大的诗人。”

就这样，我投入了对夏尔的研究，在缪拉先生的指导下，我阅读了一部部专著、一篇篇文章，从法国国家图书馆的档案室中找出陈旧的缩微胶片，查阅旧报纸上未收入全集的访谈……我逐渐把握了夏尔诗语的具体意义，一个世界渐渐朝我开放，愈加明晰。我也读到了夏尔诗歌的几乎全部汉语译作，它们有待修正补全。从2014年开始，我决心着手翻译他的这部代表作：《愤怒与神秘》。

现在，我的译稿终于得以问世，收入译林出版社的“俄耳甫斯诗译丛”系列。在此我想感谢凤凰出版传媒集团袁楠女士的推荐、译林出版社的认可，以及本书责编张睿女士的用心。在翻译过程中，我得到了法国诗人伊夫·贝杰莱先生的倾囊相助，他与我几乎逐字逐句地阅读了诗集中的全部作品，探讨每一个词法、句法，为我解释夏尔独特的方言词汇及诗篇背后的文化背景，并为本中译本撰写了一篇高超的序言；我也受益于法国著名学者达尼埃尔·勒克莱尔女士[1]与奥利维耶·贝兰先生[2]的教诲，他们用一封封邮件、一次次面谈不遗余力地为我详尽阐释夏尔诗句中难于把握的要点，解决了“七星文库”版《勒内·夏尔全集》注释不足导致的理解困难；我也拜访了勒内·夏尔的英语译者英国诗人马克·休特金森先生[3]，对夏尔某些晦涩表达的翻译方式进行了探讨；在汉译过程中，我得到了旅美华裔学者梁禾女士及旅法诗人孟明先生的点拨，并与我的好友宋迈克先生与徐磊先生进行了无数次对细节的推敲琢磨。本书第二章《修普诺斯散记》在单独发表时还得到了《世界文学》法语编辑赵丹霞女士的细致校阅。在此，我想向他们表达我最诚挚的谢意。

2018 年适逢勒内·夏尔逝世三十周年，谨以此译作

1 达尼埃尔·勒克莱尔（Danièle Leclair）：巴黎笛卡尔大学副教授，《勒内·夏尔传》作者，《勒内·夏尔词典》主编。

2 奥利维耶·贝兰（Olivier Belin）：塞尔奇—蓬图瓦兹大学副教授，《勒内·夏尔与超现实主义》作者。

3 马克·休特金森（Mark Hutchinson），英国诗人，长期从事勒内·夏尔诗歌的英译工作，译有：*Hypnos*（Seagulls Books，2014），*The Inventors: And Other Poems*（Seagulls Books，2015）。

向这位给予我生存信念的诗人致敬。作为我系统翻译的第一本夏尔诗集，它注定有所不足，我也不敢妄言自己已充分领会夏尔的每一句言辞。在此，我想用勒内·夏尔的德语译者及好友保罗·策兰[1]致夏尔的一封书信中的话作为结尾：

我一直尝试着理解你，回应你，去握住你的话语，仿佛人们握住一只手；当然，是用我的手去握你的手，在那它已确信不会错过相逢之处。对于你作品中未曾对我的理解力开启——或尚未开启——之处，我已用我的敬意与等待作为回答。[2]

张博

2017 年 10 月 24 日于巴黎近郊

---

1 保罗·策兰（Paul Celan，1920—1970），二战后最重要的德语诗人之一。1954年与夏尔相识，互相保持了长达十余年的通信。曾将夏尔的《修普诺斯散记》及一批单篇诗作翻译成德文。

2 Paul Celan, René Char, *Correspondance 1954—1968* suivie de la *Correspondance René Char-Gisele Celan-Lestrange (1969—1977)* édition établie, présentée et annotée par Bertrand Badiou, Gallimard, 2015, p.151.

图书在版编目（CIP）数据

愤怒与神秘：勒内·夏尔诗选／（法）勒内·夏尔著；张博译．—南京：译林出版社，2024.4
（俄耳甫斯诗译丛）
ISBN 978-7-5447-9922-5

Ⅰ.①愤…　Ⅱ.①勒… ②张…　Ⅲ.①诗集－法国－现代　Ⅳ.①I565.25

中国版本图书馆 CIP 数据核字（2023）第 190992 号

著作权合同登记号　图字：10-2017-522 号

愤怒与神秘：勒内·夏尔诗选　〔法国〕勒内·夏尔／著　张博／译

从书主编　凌　越
责任编辑　张　睿
装帧设计　陆智昌
校　　对　孙玉兰
责任印制　颜　亮

原文出版　Gallimard, 1948
出版发行　译林出版社
地　　址　南京市湖南路 1 号 A 楼
邮　　箱　yilin@yilin.com
网　　址　www.yilin.com
市场热线　025-86633278
排　　版　南京展望文化发展有限公司
印　　刷　南京爱德印刷有限公司
开　　本　850 毫米 ×1168 毫米　1/32
印　　张　9.25
插　　页　4
版　　次　2024 年 4 月第 1 版
印　　次　2024 年 4 月第 1 次印刷
书　　号　ISBN 978-7-5447-9922-5
定　　价　59.00 元